書下ろし

ネスト・ハンター

憑依作家 雨宮縁

内藤 了

祥伝社文庫

Contents

unter

プロローグ

カチャリ。密(ひそ)やかな音を立てて鍵(かぎ)が開く。ドアノブを握ったままで、縁(えにし)は呼吸を整えた。今から何を見せられるのか、わかっているから息を吸う。

空間には、気配というものが漂(ただよ)い出てくる。それが清潔で飾り立てられた場所であっても、気配は周囲を浸潤(しんじゅん)し、容赦(ようしゃ)なく威嚇(いかく)してくる。ノブを回して、ドアを開けたら何を見るのか、その覚悟があるのかと、縁は自分に問いかける。

痛いほどの静寂(せいじゃく)。

終わった気配。

まだ濃厚な恐怖の臭い。

意を決するより前に手首が勝手にノブを回して、縁は使命感からドアを開いた。

六畳程度の室内は雑然としているが、長いビーズの暖簾(のれん)のせいで全容が確認できない。

ぼんやりと明るいのは、窓から光がさし込んでいるからだろう。奮(ふる)い立つために深呼吸して、縁はビーズの暖簾をくぐり、目に飛び込んできた光景に撃たれた。

それは粗末なリビングだった。安っぽいダイニングテーブルが中央にひとつ。四脚の椅子が向かい合わせに置かれていて、二つの椅子に小さな子供が、向かい側の椅子のひとつに母親が、それぞれ血まみれになって事切れていた。子供たちは手首を肘掛けに結びつけられ、腹は背もたれに括られて、口はダクトテープで閉じられている。同じように口を塞がれた母親は、手首を肘掛けに、両足は椅子の脚に縛られたまま、椅子ごと床に倒れていた。ただひとつ空いた椅子は行儀よくテーブルに押しつけられている。床に転がされている母親は、頬が涙で濡れている。子供たちの最期を見せられたのだと縁は思う。母子の命を奪ったのは鋭利な刃物だ。子供たちは首を、母親は心臓を、ひと突きにされて死んでいる。

クリームシチュー、パンとサラダとデザートのプリン。きれいに並んだカトラリー。テーブルの食事は四人分。手つかずのまま、返り血にまみれている。縁の心臓がバクン！　と跳ねた。むかし、あの嵐の夜に襲った悪夢が蘇る。

窓を揺さぶる風の音。折れた枝が屋根や壁を叩く音。開けた窓から吹き込んで来た雨と風。滑る庇と迫り来る殺気。嗅いだことのない血と内臓とストレスの臭い。それは恐怖の塊となって過去の自分に襲いかかった。助けて！　逃げなきゃ！　誰か助けて！

悲鳴は嵐にかき消され、外は暗闇、中も闇。殺気だけが立ち込めるなか全身全霊を奮い立たせた。

「あーっ！」

悲鳴が静寂を切り裂いて、庵堂貴一は眠りから引き戻された。

静寂のなかで耳を澄ますと、空気がチリチリとささくれ立っている。枕元の電子時計に目をやると午前三時を指していた。真夜中の三時は悪魔の時間だ。

庵堂は起き上がって布団を抜け出し、スリッパを履いた。長身で細身の体にシャツを羽織って廊下に出ると、やはり呻き声が聞こえている。庵堂は迷わず縁の部屋へ向かった。

う、ううう。うう、ううう。喉に何かが詰まったような切れ切れの声は絶え間ない。

まただ。縁が悪夢を振り払おうともがいているのだ。ドアノブに手を掛けたとき、

「お兄ちゃーん！」

と、悲鳴が上がった。部屋に飛び込むと、ベッドで手を振り回している。駆け寄って両腕を取り、バンザイをさせるかたちで枕に押しつけた。

「シシシ、シー……」

囁くと、縁はハッと目を剝いた。真っ白な顔に恐怖が張り付き、額が汗で濡れている。摑んだ手首を離すことなく、庵堂は「シー」と再び言った。ドクドク、ドクドク……脈は早鐘さながらだ。目玉をキョロキョロ動かして、縁は悪夢の欠片を探す。

無駄だ。そんなものはどこにもない。

「大丈夫で」すか？

と、訊く前に縁は飛び起きて、庵堂の首に齧り付いてきた。雨に濡れて怯えきった子犬の匂いがした。激しい鼓動が薄い体を突き破らぬように、抱きしめる。

深淵に無理矢理沈めた恐怖が浮上してきて縁を蝕む。夢魔のごとく胸を這い上がって寝顔を覗き、寝息に乗じて侵入し、体の深部で暴発する。その衝撃に、縁は何度も地獄を見るのだ。

「シシシ……大丈夫……ただの夢です。もう終わりました」

なだめるように背中を叩いて、細い首に手を添えたとき、縁はようやく庵堂を離した。冷や汗をかき、指先まで凍えて、死人のような顔をしている。

「温かいミルクでも持って来ますか」

間接照明を点けて訊く。

書斎と一体の寝室が、朱い光に浮かんで見えた。

「いや……もう大丈夫。……大丈夫。……シャワーを浴びなきゃ……ありがとう」

ベッドに上体を起こしたままで、縁は眉間を揉んでいる。

「眠れそうですか？」

「……うん。大丈夫だから」

サイドデスクに置いた捜査資料から、子供と母親の死体写真がはみ出していた。

庵堂は写真をつまみ、

「寝る前にこんなものを読むからですよ」

と、文句を言った。

「読まなきゃわからないだろう？　考えも、操り方も、方向も」

「まあそうですが——」

ため息まじりに縁を見下ろす。庵堂よりずいぶん若いボスは、自分の鳩尾あたりに置いた手を拳に握って俯いている。

「——眠らないと、もちませんよ。次の〆切りが近いのに」

そう言い置いて部屋を出る。

ドアが閉まる寸前に、縁は「庵堂」と名前を読んだ。

「なんですか？」

「ごめん……起こして悪かった」

力なく詫びる声を拒絶するかのように、バタン！　と音を立ててドアは閉まり、細長く殺風景な廊下には、足元灯の微かな光と静寂だけが落ちていた。

第一章 パパ

ミステリー作家の雨宮(あまみや)縁は『黄金社(おうごんしゃ)』の新人賞からデビューした人気作家だ。

幅広いジャンルの出版を手がける黄金社は、神保町(じんぼうちょう)に本社ビルを構えている。秋空が高く晴れ上がった十月上旬。ノンフィクション部門の編集者でありながら、特別に雨宮を担当する真壁顕里(まかべあきさと)は、配送部署から内線を受けて、届いたばかりの見本を運ぶためにエレベーターのボタンを押した。

匣(はこ)の到着を待っていると、ガラガラと空(から)の台車を押して小柄な女性がそばへ来た。

「真壁さん、お疲れ様です」

彼女は三十代のパート従業員で、そろそろ美容院へ行ったほうがいいと思うくらいに伸びた髪をしている。薄手のセーターに白いスカート、化粧っ気もなく、唇にリップクリームを塗(ぬ)った程度の装(よそお)いだ。

「岡田(おかだ)さん、お疲れ様。その台車、借りてもいいかな」

訊くと岡田も訊(たず)ね返した。

「いいですけど、下から何か運ぶんですか？」

「見本が届いてさ、サイン本用に三百冊運びたいんだ」

「多いですね。どの先生の本ですか」

「雨宮先生だよ。『今昔捕り物長屋』シリーズの新刊が来週発売予定だから」

岡田は嬉しそうな顔をした。

「わあ、じゃ、私が運んで来ましょうか？　ちょうど台車を返しに行くところだったので」

「ほんと？　助かるよ」

と、本心から真壁は言った。

「そしたら俺は会議室で作業の準備をしておくからさ」

「わかりました。任せてください」

「重いから腰に気をつけて」

心配して言うと、岡田は笑顔で頷いてエレベーターに乗っていった。

新刊の発売時にサイン本を置いてくれる書店がある。当然ながら印刷やコピーではなく、著者やそれに準ずる関係者が直筆で署名する。人気作家であってもサインは本の汚れになるので、売れ残ると返品できないが、書店はそれを承知で注文をくれる。

著者は無償でサインに応じ、出版社は場所を提供したり、配送を請け負ったりしてフォローする。その下準備や調整は担当編集者の仕事だ。サイン本には、面白い作品と読者をつなぎたいという書店員の心意気や、物語を広く届けたいという著者と出版社の想いが込められている。

長い廊下の両側に会議室が並ぶフロアを進んで、真壁はサイン本製作用に押さえた一室に入った。パーティションで十畳程度に仕切られた部屋には、キャスター付きの会議用テーブルが向かい合わせで置かれている。製本所から送られてくる書籍は何冊かまとめて梱(こん)包(ぽう)されているので、箱から出して梱包を切り、一冊ずつにサインをしてから、本を汚さないよう合紙(あいし)を挟(はさ)み、再び梱包して箱に入れ、配送元へ送り届けるのだが、本は重いので作業はかなり腰に来る。運動能力と体力に自信がある真壁もそれは同じだ。

テーブルを片側へ寄せ、台車が入るスペースを空けて時間を見た。

作家が会社へ来るのは午後三時の約束なので、それまでに梱包を解き、テーブルに本を積み上げて、合紙と筆記用具を準備しなければならない。ついでに色紙も何枚か書いてもらおう。販路拡大のために営業担当から頼まれていたからだ。

「ガムテープも必要だな……あと、カッターと……」

セッティングを終えてから必要なものを取りに行こうと部屋を出ると、岡田が台車を押してきた。持ち帰ったのは小さい台車だったのに、大きな台車に段ボール箱を五つも積み上げている。しまった、と真壁は思った。三百冊がどれほどのボリュームになるか、考えればわかりそうなものなのに、小柄な岡田に運ばせるにはあまりに膨大な嵩だった。

「悪い、悪い、とんでもない量だったね」

走って行くと岡田は笑った。

「大丈夫です。持ち上がらなくて男の人が積んでくれたし、私は台車を転がしてきただけなので」

真壁はハンドルに手をかけた。

「後は俺がやるからいいよ」

「いいえ、お手伝いさせてください。個人的に雨宮先生のファンなので」

そう言って、岡田は部屋までついてきた。

「助かるけど、先生が来るのは三時過ぎだよ。それに、そっちの仕事はいいのかい」

「名簿の整理が終わったところで、少し時間が空いているんです。なによりも、新刊を手にする瞬間ってワクワクするじゃないですか」

室内に台車を入れると、岡田は素手で梱包のガムテープを剝がし始めた。

「じゃ、俺は新しいガムテープと、備品を取りに行って来ていいかな」

「了解です。本はテーブルに並べておきますね」

備品を抱えて真壁が戻ると、岡田はすでにひと箱分を開け終えて、テーブルに新刊が整然と積み上げられていた。サインペンや合紙をどこへ置こうか考えていると、岡田が言った。

「先生が手を拭けるように、ウエットティッシュもあったほうがいいですね。ここを終えたら持って来ます。あと、お茶は？」

「面倒くさいから麦茶を買って来ようと思っていたんだ」

「ああ……じゃ、お茶の用意もしておきますね」

さすが女性は気が利くと、感心しながら真壁は言った。

「岡田さんは三時上がりだろ。ひと目先生に会っていくかい？　もう少し早い時間にセットできればよかったけど、宅配便がいつ来るか読めなくて、安全な時間で設定したから」

「いいんです。私、自宅が埼玉なので、すぐ会社を出ないと保育園のお迎えが遅くなってしまうので、準備が済んだら失礼します。ここに作家先生がいらっしゃるとか、そういうのが嬉しくて手伝いたかっただけなんです。ただのオタクです」

その作家先生はとんでもない変態なのだが、真壁は敢えて黙っていた。

岡田は勤務して日が浅い。各部署を挨拶回りした初日には、編集部へ来てこう自己紹介した。岡田です、五歳の子を持つ新人シングルマザーです、どうぞよろしくお願いします、と。

「どう？　仕事には慣れた？」

作業の合間に訊ねると、彼女は目をしばたたき、

「そうですね。仕事には慣れてきました」

それから顔を上げて真壁を見た。

「離婚が成立するまでシェルターにいたんですよ──」

シェルターとは暴力被害を受けた者を緊急避難させて一時的に保護する支援施設のことである。被害者の安全確保のため所在地等は非公開となっていて、そこに匿われていたことは事態の緊急性、重大性を意味している。

「──でも、ここに就職できたので、思い切って公営住宅に部屋を借りたんです。一度は自殺も考えるほどだったので、今は普通に働けることが幸せで」

「そう……岡田さんはシェルターにいたんだ……」

社内で真壁の評判は、〝変な本ばかり作る編集者〟というものだ。過去には深刻な事情を抱えたシングルマザーの本も作っているので、どれほどの緊急事態か理解できる。

「じゃ、家を出る手配は警察が？」

訊くと岡田は頷いた。

「ラッキーでした。あのままだったら私が死ぬか、夫を殺していたかもしれない。冗談じゃなくそう思うんです。感覚も思考力も麻痺してしまって、今なら異常だと思えること

も、当時はまったく気がつけなくて……当時、私たちは品川にマンションを買って住んでいたんですが、息子が通っていた幼稚園の園長先生が異変に気付いてくださって、地区の担当さんに連絡してくれて、その人が自宅を訪ねて来たら、部屋を見てすぐ地元警察の担当者を紹介してくれたんです。第三者が関わって初めて、うちが異常だったと知りました。それまでは、他の人が普通にできていることが私にはできない、ダメな人間だと自分を責めるばっかりで……それが申し訳なくて、恥ずかしくて、誰にも相談できなかったんです」

「わかるよ。モラハラやDVは、加害者が被害者を抱き込んで世間と切り離してしまうからね。これはしつけや教育だ、自分は正しいことをしているんだと言い張りながら、ほかと比べられることを恐れて家族と世間を分断するんだ」

「はい。まさにそれでした」

あっけらかんと岡田は笑った。

「警察へ行ったら、それはモラハラだからすぐに家を出ますよと。必要最低限のものだけを三十分で用意しなさいと言われて、パトカーでマンションへ送ってもらって」

「急にそう言われてもなあ」

「ですよね？　下着と保険証、少しの現金、あとは七五三のときの写真だけをバッグに入れて……写真には夫も写っているけれど、子供が大きくなったときに父親の顔も知らないのは可哀想だと、一瞬思ってしまったんですよね。複雑でしょ」

「いや……」

真壁は少し考えて、正直な気持ちを言葉にした。

「それは岡田さんの優しさで、強さだな」

岡田ははにかんだ笑みを浮かべて、ありがとうございますと頭を下げた。

「その写真、今も玄関に飾っているんです……そのまま幼稚園へ乗りつけて、子供を拾ってシェルターに……大脱走って感じでしたよ」

「大変だったね」

「一歩進んだつもりでも、今も不安はありますね。ひとり親支援を受けても実情はなかなか大変で……わかっていたことですけど……そうだ、真壁さん。私もね、作家になろうかなって……夢は持っているんです」

冗談か、本気なのか、そう言う岡田に真壁は訊ねた。

「岡田さんも文章書くの？」

雨宮縁の新刊本を撫でながら、岡田は答える。

「作家になる夢を持っていたのはずっと前、高校生まででしたけど、今はむしろ現実に追われてそう考えるようになりました。子供のそばにいたいから自宅で稼げたらいいなって。小説は紙と鉛筆があれば書けるので、初期投資がいらないし……なーんて、大それた夢ですけどね」

そしてその本をテーブルに載せた。『今昔捕り物長屋・東四郎（とうしろう）儀（ぎ）覚（おぼ）え書（が）き』は、雨宮縁のデビュー作にして大ヒットシリーズだ。

岡田と交わしたわずかな会話で、真壁は母子の置かれた状況を理解した。

「そんなことないよ。シングルマザーの起業家はここ数年増加傾向で、成功者も多いんだ。作家も個人事業主だし、今どきはハングリーでガツガツしたほうが作家に向いているかもね。せっかく受賞したのに二冊目を書かない作家も多いんだから」

「そうですよね。やっと受賞できたのに、どうして次を書かないんでしょう」

「デビュー作で燃え尽きちゃうのは、もともと資質がないんだよ。こっちはそれじゃ困るんだ」

次の箱を開けながら、「書いてるの？」と、訊いてみる。岡田は笑った。

「いいえ、思ってるだけ」

真壁は苦笑した。

「どちらかというと不思議な話が好きで、雨宮先生の作風は、ちょっと斜めの視線ですよね？　そこが面白いなあって」

「先生が来たら伝えておくよ」

「ほんとうですか」

笑いながら、岡田はふと顔を上げ、

「そういえば、私にもちょっと不思議なことが起きていて……興味あります？」

と、真壁を見た。空になった段ボール箱を脇に積み上げ、梱包を解いた紙を拾ってまとめながら、真壁は訊いた。

「なに？　不思議なことって」

片付けを手伝いながら岡田は言う。

「息子です。離婚の理由はモラハラですが、養育費をもらわない代わりに、子供と夫を会わせないことになっていて」

その後ストーカーでもされているのかと、真壁は一瞬手を止めた。

「やだ。そういう話じゃないんです」

岡田は笑顔で先を続ける。

「私の場合は警察へ行ったらすぐにシェルターに避難させられて、夫とも直接会っていないので、ストーカー被害とかはないです。向こうがその後どうしているかもわからない。一切音信不通になっていて……ところが、ですね」

「最近、息子がパパの話をするんです」

効果を狙(ねら)うかのように、岡田はそこで言葉を切った。真壁と目が合うのを待って言う。

「どういうこと？」

真壁は思わず眉をひそめた。父親を懐(なつ)かしく思って話題にするということか。

「それが不思議なんですよ……たとえばこの前は、近所の子と公園で遊んでいたんですけど……最近は行動範囲が広がって、年上の子たちが面倒をみてくれるようになったので。それで、帰ってきたときジャンパーのポケットにキャラメルが入っていて……」

「うん」

真壁は先を促(うなが)した。

「誰がくれたのと訊ねたら、『パパ』って言うんです」

「誰かのパパにもらったとか」

「私もそう思って、誰のパパ？　と聞いたんですけど、『パパ』としか言わなくて」

「もと亭主が来てたんじゃないの？」

一大事だと思って訊くと、首を振る。

「あの人は必ず自分を『お父さん』と呼ばせたので、違います」

「そうか。なら、『お父さん』と言うよなあ」

「一緒に遊んでいた子にも訊いたんですけど、キャラメルのことは知らないって」

「知らない人からお菓子をもらったのが後ろめたくて誤魔化(ごまか)したとか」

「ホント……子供の世界は広げてあげたいし、そうかといって心配になるし……」

岡田はため息交じりにつぶやいた。

「それだけじゃないんです。この前なんか……」

拾い集めた梱包用紙を丁寧(ていねい)に伸ばしながら言う。紙には冊数とタイトルが印字されているので、方向を揃(そろ)え直してテーブルの空きスペースに積み上げる。

「近所のお婆(ばあ)ちゃんが、タクちゃん……息子は拓海(たくみ)というんですけど、『タクちゃん、お父さんとキャッチボールしてたねえ』って」

「キャッチボール？」

岡田は頷く。本はすべて積み終えたし、テーブルにサインペンと合紙、テープ、空き箱と梱包用紙も並べ終わった。

「やっぱりもとの亭主が来てたんじゃ」

岡田はキッパリ首を振る。

「子供と遊んでくれるような人だったら、離婚なんてしていません」

「奥さんと子供に出て行かれて後悔したとかさ、岡田さんには言い出しにくくて息子さんに取り入ったとか。大体がモラハラやパワハラをする奴(やつ)は、本人のほうが依存度高くて腑(ふ)抜(ぬ)けなんだよ……だからストーカー化するんだけどね」

「でも違うと思います。近所の人かもしれないですけど、今のところ不明なんです。不思議で気持ち悪いでしょ？」

「確かにね」

「拓海には知らない人と遊んじゃダメって言ったんですけど」

「大人が思う『知らない人』と、子供にとっての『知らない人』は違うからなあ」

「そこなんですよ。人を信じるなと教えればいいのか、むやみに人を疑うなと教えるのがいいのか、悩みますよね」

「息子さんは保育園に通っているよね？　保育園の先生に聞いてみたらどうだろう。案外、岡田さんもよく知る人物だったりして」

「それならいいんですけど」

そして思い出したように顔を歪めた。

「保育園の連絡帳にそのことを書いたんですけど、そうしたら、先生から、お絵かきの時間に拓海くんがキャッチボールの絵を描いていたとお返事が来たんです。お迎えに行って絵を見たら、メガネを掛けた男の人が描かれていました」

「知り合い？」

岡田は首を左右に振った。

「もとの主人もメガネだったけど……子供の絵だから、近所のスーパーの人なのか、園バスの運転手さんなのか、アパートの人か、まったくわからないけど、父親でないのは確かです」

「その人物が『パパ』なのかな……もとのご主人とは似てないの？」

「二人とも笑顔だったし、息子が笑顔の彼を描くとは思えないんですよね。父親を怖がっていて、好きじゃなかったと思うので」

吐き捨てるように言われて苦笑した。

「と、すると、誰かなあ」

「誰なんでしょう。わかったら報告しますよ」

「地元の警察に相談する手もあるけど、キャラメルもらったり、キャッチボールしただけじゃ」

「わかってます。だからただの不思議な話」

岡田は手についた埃を払い、

「ウエットティッシュを取って来ますね」

と、踵を返した。

「岡田さん。ちょっと」

真壁は慌てて呼び止める。

「俺も雨宮先生が来るまでにやっておきたい仕事があるんだ」

岡田はニッコリ笑って言った。

「わかりました。じゃ、お茶とウエットティッシュ、ここへ用意しておきますね」

ありがとう助かったよ、と真壁は言って、彼女とは反対方向へ廊下を進んだ。雨宮縁が来る前に営業部へ顔を出し、サイン色紙にする為書きの名簿をもらって来なければならないからだ。

つい先日までは暑い暑いと文句を言っていた気がするが、夕暮れが早まるにつれ、風の冷たさを感じるようになってきた。

勤め先の近くにアパートを借りる余裕はもとからなくて、岡田は一時間以上も電車とバスを乗り継いで、自宅のある川口市まで帰ってきた。モラハラ夫と結婚していた頃は共働きだったので品川区にいられたが、独りの稼ぎで暮らしていくにはほぼ都内でも贅沢すぎるくらいだと思う。ようやく保育園へ辿り着いて息子を拾い、先生と簡単な挨拶を交わして帰路に着く。

薄暗い街を歩きながら、七時頃まで子供を外で遊ばせることのできた夏を懐かしく思う。

「タクちゃんは今日、保育園で何したの？」

息子の機嫌を窺いながら、冷蔵庫が空っぽだったと思い出す。

「お昼寝」と、息子は答えた。

「あと折り紙」

「そう。何を折ったの？」

「バラの花」

すごいのねえ、と言いながら、今この一瞬のありがたさを噛みしめる。

この子の命を守れてよかった。警察に相談する勇気を持ててよかった。夫の怒りや暴力は、自分が至らぬせいではなかったと信じられて、本当によかった。岡田は、生まれ変わろうと決意したこと、その結果正社員である真壁にも臆せず話せるようになった自分を褒めた。もともと容姿や生い立ちにコンプレックスを抱えていて、臆病で依存心が強く、自己主張のできない人間だった。けれどもいっそ独りになれば、生きるしかない。息子を守れるのは自分しかいないのだから。

スーパーで買い物をして、古い公営住宅へ帰る。

夏の間は外で夕涼みしていた老人たちも姿を消して、ヒビが入ったコンクリートの建物に侘しい明かりが灯っている。住人がいる部屋はそれぞれの窓にカーテンの色が透け、カーテンを開けっぱなしの最上階にある部屋は、天井に下がった照明や鴨居に掛けた服などがまるまる覗き見えている。建造物が巨大なだけに、ポロポロと灯る明かりが歯の抜け落ちた老人の口を連想させる。

岡田の部屋は三階で、見上げてから（おや？）と思った。

部屋に明かりが点いているのだ。量販店でとりあえず買ったカーテンは子供の好きな機関車模様で、薄地に照明の光が透ける。朝は慌ただしいので明かりも消さずに出勤してしまったのだろうか。電気代がもったいなかったと、すぐ思う。

棟の入口にある集合ポストを確認すると、投函用のチラシが数枚入っていた。結婚に失敗してからはそれまでの人間関係にも終止符を打ったかたちになって、今のところ会社と実家の両親以外に所在を明かしていない。先ずは生活を立て直し、後のことは少しずつ考えようと思っているうちに時間が過ぎて、知り合いに連絡するきっかけも失ったままだ。ポストに書簡が届くことはない。

チラシを買い物袋に押し込むと、すでに階段を上っていった息子の後を追いかけた。コンクリート剝き出しの階段は寒々しくて、通路に漬け物樽や植木鉢やバケツなどが置かれている。それらは忘れ去られたように埃をかぶって、見るたびに背中のあたりがサワサワとする。必要とされない、いらない、ダメな、死んだほうがいい奴と、言われ続けた悪夢の日々を思い出す。

各部屋のドアは鉄製で、部屋番号の他にはのぞき穴があるだけだ。開けると半畳程度の靴脱ぎがあって、二部屋に、バス、トイレとキッチンがついている。表札代わりに可愛らしいプレートを下げている世帯もあるが、岡田は一階の郵便受けにも名字を出さない。

「タクちゃん、きちんと手すりを持って上がるのよ」

子供が階段を転がり落ちないよう、すぐ後ろをついて行く。小さな体の歩みは遅く、三階まで上っていくのに時間がかかる。足を交互に出して上がるのはまだしんどいらしく、数歩上って立ち止まり、そこから先は片足をのせては両足を揃え、また片足をのせて上がって行く。父親の顔色を窺う日々だったので、息子は神経質で臆病に育ったようだ。キャッチボール、今度は私が付き合ってあげよう。

３０３号室が愛し（いと）の我が家で、階段を上がりきると、息子はようやく通路を走った。岡田は荷物を抱え直して、部屋の鍵を取り出した。手を掛けた料理を作ってあげなきゃと思うのに、空腹な子供は待つことができず、いつも簡単な食べ物になる。それでも栄養は取らせたいので、今夜は納豆（なっとう）オムレツとキャベツのお好み焼きにしようと計画を練（ね）る。

「はやくーうっ、お母さーん」

ドアの前で足踏みする息子を見て、トイレを我慢していたのだなと気がついた。

慌てて鍵を開けたらドアノブがロックして、（え、なんで？）と、自分に問うた。再び鍵を回すと今度は開いた。照明を消し忘れたばかりか、鍵までかけ忘れたのだろうか。ドアを開けると子供が飛び込み、靴を脱ぎ散らかしてトイレへ駆け込む。フライドチキンの香りがした。

半畳ほどの靴脱ぎに、男物の靴が一足揃えてある。室内はどこも煌々（こうこう）と明かりが点いて、リビングに人の気配もする。一瞬部屋を間違えたかと思い、玄関に飾った七五三の写真に目を止めた。

　間違いない、私の家だ。

　実家の父が来る予定だったろうかと思ったが、そもそも合鍵を渡していないと考え直す。おいしそうな食べ物の匂いは、室内が丸見えにならないように下げた暖簾の奥から漂ってくる。水の流れる音をさせ、息子がトイレを飛び出してきたので、我に返った。

「タクちゃん！」

　呼び止めるより早く子供は部屋へ駆けていき、

「パパ」

と、言った。

　買い物袋を放り投げ、靴を脱ぐのももどかしく、框に上がって暖簾をくぐると、テーブルに食事の用意ができていた。小さなブーケを中央に飾り、フライドチキンのバーレルサイズとお皿が三枚、白ワインとグラスが二つ、オレンジジュースの横にはオモチャのお土産。

　何かのサプライズか、まさかテレビ番組だろうかと、頭の中が混乱する。

子供はといえば、すでに食べ物やお土産に目を輝かせて小躍りしている。そして、

「お帰り。夕食の準備をしておいたよ」

簡素なリビングダイニングで、拓海の頭に手をのせて、ニコニコとこちらを見ている男

が言った。

白いワイシャツにグレーのネクタイ、清潔感のある髪型に黒縁メガネ、濃い髭の剃り跡を見てまさかと思った。やはりテレビの『ドッキリ』だ。どこかにカメラが隠してあるのだ。なんてひどい……事情も知らずに。男はにこやかに微笑みながら子供に告げる。

「拓海、ごはんの前には手を洗う約束だよ。ちゃんとごはんを食べたらお土産を開けていいからね。お返事は？」

「はーい」

子供は素直に返事をして、手を洗うために洗面所へ駆けていく。

暖簾の前に立ったまま、岡田は室内を見渡した。

カメラはどこにあるのだろう。でも、なぜ、どうして私の家に？

「なんなんですか……？」

怒りなのか、恥ずかしさなのか、自分たちの新しい生活を陵辱された気がして声が震えた。男は寄って来ると脇をすり抜けて玄関へ行き、跪いて、子供と岡田の靴を揃えた。

「脱いだら靴を揃えないとね。小さなことだけど大切なんだよ。きみも手を洗ってくるといい。チキンが冷めないうちに頂こう」

カチャリと玄関の鍵を閉め、キーチェーンを止めて買い物袋をキッチンへ運ぶ。

「買い物して来てくれてよかった。冷蔵庫が空っぽだったから、電話しようと思っていたんだ。さあ、手を洗って、席に着いて」

「誰なんですか？　ここでいったい、何をして……」

訊くと男はニコリと笑った。首を傾げて肩をすくめる。

「何を言ってる？　家族じゃないか。きみの夫で、拓海のパパだ」

その瞬間、絡まり合った思考の糸が一気にほどけて恐怖が襲った。

岡田が視線で息子を追うと、男は敏感にそれを察して、

「拓海」

と、息子の名を呼んだ。素早く岡田の前に出て、目で威嚇しながら息子に近づく。

「なあに？」

「ちゃんと石鹸で洗ったか？」

「洗ったー」

岡田から視線を外さずに、男は子供の背中に手を置いた。取り出したのは、あまりに長く、刃先の尖った両刃のナイフだ。小さい息子からは見えない位置で、微笑みながら振りかざす。

いいか？　俺はたったの一撃で、息子の脳天を貫けるんだぞ。

岡田は足下が崩れていくようだった。

「やめて」

彼は微笑み、こう言った。

「ママは手を洗えないって。今日は特別ということにしておこう」

「ぼく、おなかすいちゃった。もう食べていい？」

「まだだよ。みんなで『いただきます』をしてからだ。食べたらみんなでテレビを見よう。寝るときは本を読んであげるよ……座れ」

後の言葉は岡田に向けたものだった。

携帯電話はバッグの中だ。それは買い物袋と一緒に男がキッチンへ運んで行った。ナイフは子供の背中のあたりに、たぶん押しつけられている。誰か……ああ、神様。

「座れ」

男は再び命令する。

恐怖のあまり涙がこぼれた。椅子を引いてテーブルに着くと、子供が訊いた。

「おかあさん、どうして泣くの？　ぽんぽん痛いの？」

なんでもないわ、と言うべきなのに、言葉が喉に貼り付いて、出てこない。

男は自分の椅子を引き、子供の隣に腰掛けた。子供の肩に手を置いて、頭と頭をくっつける。

「きっとママは嬉しいんだよ。嬉しいときも涙が出るんだ」

「ぼくもうれしい。フライドチキン食べていい？」

「いいとも、さあいただこう。いただきまーす」

「いただきまぁす」

と、嬉しそうに子供は言った。パーティーみたいで楽しいね、と。

安物のカーテンは薄地で透ける。

岡田は、家へ帰って来たとき見上げた自分の部屋を思い描いた。透けて見えたのは天井から下がった照明の光だけで、室内の様子はわからなかった。運良く誰かがここを見て、人影が動くのに気付いたとしても、それは一家団欒(だんらん)の幸せな夕食風景にしか思えないだろう。

第二章　新作の打ち合わせ

黄金社文庫の十月の新刊、『今昔捕り物長屋・東四郎儀覚え書き』のサイン本製作が無事済んで、配送業者へ引き渡しましたと連絡を受けた翌日の午後。真壁は手伝ってもらった礼を言うため岡田のデスクへ向かっていた。岡田が縁のファンだというので、見本に「岡田さんへ」と為書きサインをしてもらったのだが、どうせならフルネームを聞いておけばよかった。

岡田の籍は編集総務部にある。各種配送の手配や受け取りとその確認、出版キャンペーンに応募してきた読者の名簿整理や書店営業にかかる雑務の手助け、売り上げに関するデータの集積……やるべき仕事は山のようにあって、アルバイトや岡田のようなパート従業員が尽力している。学生時代にアルバイトをした縁で卒業後正社員になる者もいれば、岡田のように作家志望を謳う者もいる。天与の才を思わせる名作を一発で書ける作家はいないし、なりたいと思えば夢が叶う世界でもないが、書かないことには話にならない。はたして岡田は書けるのか。

「ま、それは作家に限らず、だな」

真壁はつぶやき、苦笑する。新刊を持って編集総務部へ行くと、そこに岡田はいなかった。

整理整頓が行き届き過ぎた彼女のデスクに、真壁は昨日聞かされたモラハラ夫の影を見る。ほとんどの被害者は自分が被害者であることに気付けず、すべての加害者は自分を加害者と認識できない。双方とも状況を俯瞰できないから外部の支援を受けられず、社会から孤立した挙げ句、最悪の結末を迎えてしまうケースもある。岡田のデスクには、異常なほどの整理整頓を強いられて、育児期間中もモデルハウスのような住まい方を強要されたであろう過去が透けていた。

「岡田さんはどこにいるかな？」

若いアルバイトに訊ねると、「今日はお休みです」と言う。

「じゃ、出てきたらこれを渡してくれないか。サイン本を手伝ってもらったお礼と言って」

「雨宮先生の新刊ですか？」

相手は首を伸ばして本を見た。

「そう。来週出るやつね。ファンだって聞いたから」

「私もファンです」

「じゃあ、ぜひ書店で購入してよ。発売日近辺ならサイン本があるはずだから」

そう言って、真壁は編集総務部を後にした。

岡田のデスクが雑然となるのはいつか。過去のあれこれが思い出になったとき、彼女が本当にすごいものを書いてくれたらいいなと思う。編集者は高揚させてくれる作品に出会うチャンスを待っている。それを磨いて市場に出して、反響を得ることを冥利と思う。人には『ものがたり』が必要だ。その価値を最大限に引き上げたいと。

間もなく企画会議が始まる時間だ。

刊行したい本について、作業を進めていいかどうかを会議に掛ける。売り上げが順調な本はともかく、出したい本が出せるかどうかは、会議如何に掛かっている。ガリガリと後頭部を掻いてから、ほんの少しだけネクタイをゆるめて、真壁は会議室のあるフロアへ向かった。


その翌日のことだった。午前十時少し過ぎ。真壁は遅い出勤をして、入退室管理用のゲートに社員証を提示した。すると受付から女の子が駆けて来て、編集総務部へ寄ってくださいと言った。

社員証にＩＣカードが使われるようになってから、様々な管理を一律でできるようになったのはいいが、指令は受付のモニターに提示されるので、彼女たちも仕事が増えて大変だ。

結局のところ便利さは人から時間を奪っている。次はそういう本を作ろうか……考えながら編集総務部へ行き、誰が自分を呼んだのだろうとキョロキョロしていると、年配の女性がメガネを掛け直しながらそばへ来た。

「ノンフィクション部門の真壁さん？」

「そうですが」

女性は社員証を真壁に示し、

「お忙しいところをすみません。私は編集総務の高橋といいます」

真壁の背中に手を添えて、書棚の脇へと誘った。

「一昨日の午後ですが、パートの岡田さんとサイン本の作成をしましたでしょうか？　配送部の担当に聞いたら、真壁さんの荷物を運んでいたと」

「ええ、しましたよ。岡田さんに手伝ってもらいました」

高橋は落ちくぼんだ目をしばたたいてから、また訊いた。

「そのとき岡田さんは何か言っていませんでしたか？」

真壁は首を傾げた。

「何かって？　たとえばどんなことを」

「そうよね、曖昧な質問されても困るわよね」

彼女は考えあぐねて、胸の前で手をこすり合わせた。

「さっき川口市の保育園から岡田さん宛てに電話があったんですよ。園に子供さんを連れて行ってないそうで、携帯に電話したけど出ないので会社に連絡してみたと」

「昨日はお休みでしたよね」

「昨日はね、欠勤すると連絡があったんですけど。でも今日は連絡もないし、本人も来ていないので……私も岡田さんの携帯に電話してみたけど、出ないのよ。だから真壁さんが一緒に仕事をしていたときに何か言っていなかったかしらと思って。無断欠勤するような人ではないし、もしかしたら何かあったんじゃないかって、ちょっと心配になってきて」

「特には何も言ってなかったけどなあ――」

そう言いながらも、モラハラ夫のことが頭を過った。もしやということもある。

「――このまま連絡がつかなかったら、どうするんですか？」

「大家さんがいれば連絡して様子を見て来てもらうんだけど、岡田さんのご自宅は市営住宅なのよ。そうなると市の担当者に連絡するか……でも、騒いで何もなかったら？　とも思うし……」

困ったふうにため息を吐く。

「ご家族の連絡先はわからないんですか」

「ほら」

と、彼女は目配せをする。事情が事情だからと言いたいのだろう。

真壁は先を促した。

「岡田さんは離婚してますよね、でも、実家とか」

事情を知っていると匂わすことで、秘密を話す罪悪感を軽減できる。高橋は頷いた。

「他の連絡先は聞いてないのよ。パートさんは保証人も必要ないし」

「……そうかあ」

頭を掻いて考える。どうせ今日は外へ出る。昨日の会議で企画が通って、新作の打ち合わせがてら縁のスケジュールを押さえなければならないのだが、向こうは他社との打ち合わせが入っていて、どこで落ち合うかをまだ決めていないのだ。互いに移動一時間圏内にいるはずだから、予定がついたら縁のほうから電話をくれると言っていた。

「岡田さんの自宅は川口でしたね」

お人好しにも程があると思いつつ、真壁は高橋に訊いていた。

「そうなの。駅からバスですぐのところよ」

期待を込めた目で見上げてくる。真壁は思わず苦笑した。

「わかりました……出たついでに俺が見て来ます。住所を教えてもらえれば」

「助かるわ」

高橋は小躍りするようにデスクへ戻り、コピーした岡田の住所を持って来た。市営住宅の名前と棟の号数、部屋番号が載っている。

「連絡が取れたら、すぐにこっちへ電話させて欲しいのよ。今日中に連絡がつけば、私のところでなんとかなるから」

無断欠勤は懲戒解雇になることをほのめかす。

岡田はここへ勤務できたから部屋を借りて自立したと言っていた。だから仕事は続けたいはずだ。事情を汲んで真壁は頷く。

「でも、すぐというわけにはいきませんよ？　仕事の途中で寄るんだから」

「ええ、ええ。もちろんよ。助かるわ」

お愛想程度にニッコリすると、高橋は逃げるように去って行く。

現金なものだと真壁は思った。


自分のデスクで岡田の市営住宅の位置と行き方をサーチしていると、縁からスマホに着信があった。

作家とは基本的にメールで打ち合わせをする真壁だが、縁とは電話連絡が多い。様々なミステリーシリーズを手がける縁は執筆作品の主人公に憑依され、メールの名前も語り口調も二転三転してしまう。それが文章に表れて、受け取る側は混乱するのだ。文字だけの情報は体温を伴わず、読むだけで頭が疲れるので、可能なときは電話をくださいと言ってある。

「はい。黄金社の真壁です」

――真壁さん？　私よ――

ハスキーで色っぽい女の声は、縁が他社で執筆している『黄昏のマダム探偵』の主人公響鬼文佳だ。先週電話で話したときは、これも他社のシリーズである『サイキック』のキサラギっぽい声だったから、そちらの原稿は上がったらしい。

――新作の打ち合わせだけど、今からではダメかしら？　銀座にスーツを買いに来たら、直しがなかったので予定が狂ってしまったの――

真壁は手帳を確認した。どうせ打ち合わせをするならカブキジジイの東四郎よりも、美人の文佳のほうがいい。不思議なことに相手が東四郎から文佳に替わると、真壁のほうも対応がややフレンドリーになったりするのだ。

「いいですよ。いいですけど、そっちの打ち合わせは大丈夫なんですか？」

――初めて会う編集さんなのよ。何度かメールしたのだけど、どんな人かさっぱり要領を得ないから、いっそ夜にセットしてもらって、遅れて行って様子を見ようと決めちゃった。これから相棒になるわけだから、特性は知っておかないと――

「怖いですね」

と、真壁は笑う。けれど個人的に縁のそういうところは嫌いじゃない。デビュー後、最初に担当したのは自分であり、攻めの姿勢で行くように力説した経緯もある。縁は素直に教えを守って、その後も快進撃を続けているのだ。

「それではどこで会いますか？」

――真壁さんは今、どちらにいらっしゃるの？――

「会社です。銀座までなら三十分くらいで行けますが」

そうね、なら……と、文佳に憑依された縁は言った。誰かに意見を求めているから、そばに庵堂がいるのだろう。文佳と二人で会えると思っていたので、真壁は少し落胆した。

雨宮縁事務所の庵堂貴一は、アングラ劇団の役者のような風貌をした四十がらみの好人物で、縁とは海外で同じ仕事をしていたという。雨宮縁事務所では庵堂以外の人物を見たことがなく、本当の関係はどうなのだろうと、真壁はしばしば勘ぐってしまう。雨宮縁は男か女か、年齢はいくつでどういう素性の人物なのか。

よしんば庵堂と深い関係だったとしても、妻帯者の自分が口を挟むことではないが、真壁は個人的に響鬼文佳こそ真の縁にもっとも近いキャラクターだという密かな願望を持っていて、だから文佳と庵堂が一緒にいるのはつまらない。

考えていると、文佳は落ち合う店の名前を告げて電話を切った。

スマホに位置情報を入力し、出かける準備にかかる。企画会議の書類が入ったホルダーを持ち、縁が送ってきたプロットをプリントアウトして二セット分用意した。

庵堂の顔も浮かんだが、敢えて二セットでいいことにした。

打ち合わせるべきは新作に登場する探偵役のキャラ設定だ。縁はそれを冴えない中年男にしてきたが、中年男が主人公ではヒットが遠い。冴えない中年の自分が読んでさえ、主人公には華麗な活躍を求めるからだ。読者が作中に投影するのは、真の自分ではなく理想の自分だ。

鞄にあれこれを詰め終えてから、デスクの上を見回した。編集総務部の高橋から渡されたメモは、鞄ではなくポケットに入れてから、真壁は社を後にした。


銀座某所。

縁に指定された場所に来てみたものの、真壁は途方に暮れていた。

このあたりで間違いないはずなのに、寿司店やカラオケ店しか見当たらない。おかしいなと思って電話をかけると、「迎えに行くわ」と文佳が言う。果たしてその数分後、白シャツとデニムパンツにジャンパーを引っかけた庵堂が、ふらりと背後に現れた。やはり一緒だったかと真壁は思う。

「お呼び立てしてすみません」

庵堂は礼儀正しく頭を下げた。

「いえ、こちらこそ。店の場所がわからなくて、すみません」

庵堂は微かに笑う。

「ですよね。雨宮がそういう店を好むので……こちらです」

連れて行かれたのはビルの地下で、入口に看板があるわけでなく、壁に店名が書かれているわけでもない。知っている客が来ればそれでいいという体の、なんだか怪しい店だった。階段下の踊り場にいきなり黒いドアがあり、のぞき穴の下に『.in』と真鍮文字が貼り付けてある。

「どうぞ」

庵堂はドアを開け、先に入って真壁を待った。真壁は窺うように腰を屈めて、庵堂の脇から入る。思ったより内部は広く、照明は暗く、落ち着いた雰囲気の店だった。静かに流れるのはクラシック音楽で、香ばしいコーヒーの香りがした。

「こんな店をよく知っていますね」

庵堂に言うと白い歯を見せた。笑っただけで答えはナシだ。各席はボックスタイプで、半数程度が埋まっている。長いカウンターにサイフォンが並び、専用コンロに口の細いヤカンがかかって、シュンシュンと湯気を吹いている。

「いらっしゃいませ」

年配のバリスタが静かに言った。

最奥の席に豪華な美人が座っている。今日は白のパンツスーツで、首許に赤いペイズリーのスカーフを巻いていた。栗色の巻き毛が顔を縁取り、ピンクのルージュを引いた唇に歯が覗く。

「こっちよ、真壁さん」

「どうも」

と、真壁は対面の席に鞄を置くと、上着を脱いでそこに座った。文佳の前にはコーヒーがあり、すでに何口か飲んでいたようだ。コーヒーカップはもうひとつあって、庵堂の席との間に買ったばかりのスーツを入れた箱がある。

「何にしますか？」

席に着かずに庵堂が訊き、

「先生は何を飲んでいるんですか？」

真壁は文佳にそう訊いた。

「ブレンドをホットで」

「では、自分もそれで」

庵堂に告げてから、「すみません」と言い足した。庵堂はカウンターへ注文を告げ、真壁のお冷やとおしぼりを持って来てから、ようやく文佳の隣に座った。

「先日はお疲れ様でした」

サイン本について礼を言うと、文佳はカップを引き寄せて、

「どういたしまして」と、ニッコリ笑った。

「デビューしたとき、真壁さんが力説してくれたじゃない？　サイン本は書店員さんの心意気だって。私にできる唯一の宣伝方法だし、何冊サインしても買ってくれる人には一冊だからと、今もそう考えながらやっているのよ。たくさん頼まれるのは嬉しいわ」

「そう言ってもらえるとありがたいですが、腱鞘炎になりませんでしたか」

「もちろんなったわ」

三日月のように目を細め、長い指先をヒラヒラさせる。爪のラインストーンがキラキラ光った。

「私にとっては勲章よ。ケアすればいいだけのこと」

束の間沈黙が訪れたので、真壁は早速資料を出した。

「ええと……それでは先ず報告ですが、先立ってプロットを頂戴した『スマイル・ハンター』は、無事に企画会議を通りました。ですので細かい打ち合わせをさせていただければありがたいです」

言いながら文佳にプロットのコピーを渡すと庵堂が胸ポケットから筆記用具を抜く。文佳はそれを阿吽の呼吸で受け取って、長い脚を組んで真壁に訊いた。

「それはよかったわ。『スマイル・ハンター』は実際の事件を元にした話だし、事件が起きてまだ間もないから、すぐ書くわけにはいかないけれど」

カップの持ち手を弄びながら文佳は言った。その言葉どおりに、『スマイル・ハンター』という作品は縁や真壁たちが遭遇した事件が元になっているのだった。

「そうですね。ただ、プロットを見る限り、事件そのものより事件が起きた背景に重点が置かれているので、時期は問題ないんじゃないでしょうか。ドキュメンタリーじゃなくてエンタメですから」

「私はエンタメが好き。小説の世界ぐらいはスカッとしていて欲しいから」

「いいですね。ぜひ、スカッと書いていただきたいです」

文佳はじっと真壁を見つめ、一呼吸置いて、訊いてきた。

「直接会って話したいというのは、プロットに問題があるってことね？」

「や、問題というほどのことではないですが……」

悪戯っぽく首を傾げて真壁の心を読もうとする。柔らかな巻き髪が口のあたりでクルクルとして、ピンクのルージュに触れそうだ。彼女は視線で頷いて、

「もしかして、主人公の設定かしら？」

と、真壁に訊いた。コーヒーが運ばれて来たのでテーブルの脇へよけ、先へ進めようとすると文佳が言った。

「どうぞ、せめてひと口、冷めないうちに」

真壁は勧められるままコーヒーを啜った。コクがあって香り高く、ブラックで飲んでも甘みを感じる。

「ん？　美味しいですね」

「でしょ？　気に入ったならご贔屓に」

「そうですね。また打ち合わせで使わせてもらいますよ。いい店だ」

文佳はソーサーごとカップを持って、優雅にコーヒーを飲み干した。

「一見さんお断りの店だから、マスターに紹介しておくわ」

「いつから常連なんですか？」

「ひみつ」

目の前の美女が、サイン本製作のときには和服姿の食えないジジイだったとは。わかっていても未だに混乱してしまう。

才能のない自分が小説を書こうと思ったら、こんな奇抜な手を使うより方法がないと縁は言うが、コスプレとも呼べない完成度を目の当たりにしていると、遊びではない凄みを感じる。作家はオーラを纏ったタイプと、まったくオーラを発しないタイプ、バリバリに傾いて装うタイプなど色々いるが、縁のそれは変態と感じる域だ。メディアにもプレスにも顔を出さないと決めているのに、なぜここまで見た目を装うのか。ぼんやりとそんなことを考えていると、文佳は勝手に書類をめくり、キャラクター設定のページを開いた。

「真壁さんは、もしかして、主人公が冴えないおっさんだからダメだと思ってる？」

他社の主人公響鬼文佳と自社の新作について打ち合わせているのも妙な感じだ。

「まあ、平たく言うとそうですね。これ、若い男が主人公じゃダメですかねえ？　先生のシリーズで若い男が活躍するのは、『サイキック』のキサラギだけじゃないですか。でも、キサラギはサイコパシーの設定で、男というより少年だ。女性キャラには響鬼文佳がいるわけで、若い男が活躍する話ってないですよね」

「女性ファンが欲しいのね？」

「そうともいえないです。後々の話になりますが、若い男が活躍するなら若手俳優を起用する意味でメディアミックスしやすいですし、オッサンが汗だくになって活躍する話なんて、読みたい読者がどれだけいるかと考えたら」

「部数を出せないというわけね？」

「まあ、そうですね」

「世間は中年に厳しいのね」

文佳は真壁から目を逸らすことなくクスクス笑った。

「と、言いますか、読む方だって現実を思い知らされて厭なんですよ。せめて小説の世界では夢を見たいじゃないですか」

「あら。現実に起きていることを包み隠さず書いてくださいと、ノンフィクション部門の編集さんから言われたことがあるんだけれど？」

縁がデビュー後二作目を書いたとき、原稿を読んだ真壁が殺人現場のリアリティのなさにクレームをつけたことを言っているのだ。あの時は特殊清掃の取材で入手した現場写真を縁に送って見てもらった。その結果、多くの読者から「生々しくて気持ちが悪い」という称賛を得たと記憶している。

「それはキャラについてじゃないですよね」

「たしかにそうね」

「先生は、どうして中年男がいいんです？」

何か特別な理由があるのかと思って訊ねると、文佳は首をすくめて言った。

「思いつきよ。深い意味はない」

「なら若い男でいきましょう。読者を惹きつける華がないと商業的には難しいですよ」

「それとヒロインよね？　どこの出版社でも同じことを言われるわ。若いヒロインを出して欲しいと。セオリーなのね」

「そのほうが感情移入しやすいですから」

熱がこもって前のめりになっていたので、クールダウンのために体を引くと、文佳の隣にいる庵堂が視界に入った。作品の打ち合わせのとき、この男が会話に交じってくることはない。今も話を聞きながら静かにコーヒーを飲んでいる。縁のスケジュール調整は庵堂がやっているから、新作の発売予定を押さえられれば一石二鳥だ。

「プロットに出てくる麗羅（れいら）というのがヒロイン枠ですよね」

「今のところそう考えているんだけれど」

「年齢は二十九歳……これも、もう少し若くできないですか？　主人公を中年にしたからこの年齢になるわけで、男を若くすると、こっちのほうも、もう少し……」

「女の価値は若さにあると思っているのね」

アラサー設定の文佳が訊いてくる。

「一般的な話ですよ」

「……そうねぇ」

どうしようかしら、と視線を逸らし、文佳は髪を搔き上げた。ふわりとムスクの香りがする。外観もだが、声も仕草も香りも変わる縁と会うと、時々、人間を相手にしている気がしなくなる。文佳も東四郎もキサラギも、全て同じ人物が演じているというのなら、この白いスーツを剝（は）ぎ取った下には一体何があるのだろう。

「真壁さん」

不遜（ふそん）な想像を巡（めぐ）らせていると、名前を呼ばれてハッとした。

「主人公のキャラ設定に関しては、少し考えさせてもらえないかしら？　真壁さんの言いたいことは理解したから、華を付け加えられるよう考えてみるわ。主役が変わるとヒロインも変わるし……ちょっと時間をもらえない？」

「もちろんです」

と、言ってはみたが、実はここからが正念場だ。

「ただ、そろそろ来年の刊行スケジュールを立てておきたいので」

「『スマイル・ハンター』を来年出したいってこと？」

文佳の眉間がピクリと動く。

「鉄は熱いうちに打てって言うじゃないですか」

「それは鍛冶職人の話でしょ？」

「どうですかねえ、庵堂さん」

と、文佳を無視して庵堂を見る。

庵堂はスケジュール帳代わりのスマホを出した。緊張で厭な汗が出る。縁が如何に強者でも、複数のシリーズ作品の合間に新作をねじ込むのは難しい。それを承知でゴリ押しするのは売り上げを計上したいからでもあるが、幸先よく売り出し中の現在は、とにかく作家の名前を覚えてもらうことが重要だという側面もある。佳い作品を次々に書くことできる作家は生き残り率も高いのだ。真壁は雨宮縁という作家を育てることに、やり甲斐と手応えを感じていた。汗を拭こうとポケットからハンカチを出したとき、編集総務でも

らったメモが飛び出して、書類の上に着地した。光る指先でそれをつまむと、

「メモが落ちたわ」

文佳は住所と棟番号と部屋番号を一瞥した。

「これは事件の現場かなにか？」

彼女は訊いた。その横で庵堂は顔をしかめて考えている。

「そうじゃないですよ」

真壁はメモを受け取って、今度はスケジュール帳に挟み込んだ。

ポケットに入れていたのは、仕事に夢中で岡田の家に行くのを忘れないためだ。

「真壁さんのメモって、心霊スポットか、殺人現場か、あとは迷惑ユーチューバーの住所かしらと思ってしまうわ。開かずの部屋、因縁物件、即身仏とか」

「酷いなあ……でも、まあ、そういう本を作るのは面白いですよ、売れないけど。それから、これは弊社のパート従業員の住所です。昨日突然休暇を取って、今日も無断欠勤しているので様子を見て来てくれないかと頼まれて……本人が急に体調を崩したとか、子供の急病とかね」

「若い社員じゃないってことね」

「子供が……あ、そうだ。一昨日、見本に為書きしてもらった人ですよ。先生のファンだという」

「岡田さん？」

「よく覚えていますね」

真壁は感心して言った。

「本に為書きしたのは一人だけだったじゃないの。覚えていて当たり前だわ」

「そんなことないと思うけど」

「シングルマザーと言っていたわね」

その話をしたのは東四郎なので、文佳から訊ねられるのは奇妙な感じだ。

「まあ、ちょっと気になっているのは、離婚の原因が亭主のモラハラだったってことで」

「真壁さん、もう一度住所を見せてくださらない？」

今どき取扱いが面倒な個人情報なんだがなあ、と考えながらも、文佳が手を出したので真壁はその手にメモを載せた。庵堂の目がスマホを離れて文佳に止まる。文佳は突然こう言った。

「なら、様子を見に行きましょう」

「えっ、今からですか？　打ち合わせの――」

「――途中だって言うんでしょ。移動しながらやりましょう。真壁さん的には刊行スケジュールが組めればいいわけで、それは庵堂から連絡するから」

「え、だって」

庵堂はすでに立ち上がっている。

真壁は慌ててカウンターへ行き、会計をすませて領収証を頼んだ。席に戻って書類を片付ける。

「様子を見に行ったって、面白いことなんかないですよ」

「何が面白いかは私が決めるわ。いいじゃない。彼女、私のファンなんでしょう?」

「正確には、捕り物長屋の大屋東四郎のファンですよ」

「会えば響鬼文佳シリーズも買ってくれるかもしれないじゃない」

スーツの入った箱を持ち、庵堂が場所を空けるのを待って、文佳は奥まった席を抜け出した。タイトな白いジャケットの下はテロンと裾の広がったパンツだ。微かに足を引きずりながら通路に立つと、バリスタが真壁に領収証と釣り銭を渡すのを待つ。

殺風景な階段を上がって地上に出ると、別世界から日常に帰った気がした。

有楽町駅から京浜東北線に乗る。

駅構内の移動のときも、乗り換えのときも、女性姿の縁にはつい気を遣いそうになる。席が空けば座らせて、階段では歩く速度に歩調を合わせる。それは真壁だけでなく庵堂も同じで、そうした些細な変化にも縁は自然に応じてくる。座席に座った縁を守るように庵堂と前に立ちながら、真壁はふいに考える。

自分の前に座る女性はこの世に存在していない。作家雨宮縁が創り出し、本人が化けているだけの虚構だ。東四郎も、キサラギもそうだ。存在しない人間が普通の人間と一緒に電車に乗って、パートさんの無事を確かめに行く。

「奇妙ですね」

真壁は思わずつぶやいた。

「何がです？」

と、庵堂が訊く。ずっと不思議に思っていたことを、真壁は初めて庵堂に訊ねた。

「雨宮先生と仕事をしていて、庵堂さんは混乱しないんですか？　昨夜は美女だったのに、今朝は爺さんになってるわけで」

「まあ、外に出るときだけですからね」

庵堂はサラリと言った。

「混乱なんかするわけないわ。創っているのは庵堂よ」

下から見上げて文佳が笑う。何を今さらという顔だ。

「え。じゃ、庵堂さんは先生の素顔を知ってるってことですか」

真壁は素の縁を知らない。受賞して最初の打ち合わせには東四郎というジジイが来たし、他社で連載が始まって、また会ったときには文佳であった。その後銀髪で真っ白な服の青年が現れて、何事かと思ったら、別の出版社で出して映画化された作品のキャラだという。どの出版社の担当よりも付き合いが長いのに、真っ当な縁とはただの一度も会ったことがない。文佳はクックと笑っている。

「当たり前だわ。メイクはすっぴんにするものよ」

ということは、着付けもボディメイクも庵堂が？　またも淫らな妄想が膨らむ。

「その道のプロですからね。ぼくも、雨宮も」庵堂は言う。

「真壁さんに話しませんでしたっけ？　雨宮とはハリウッドで一緒だったんですよ」

「話してないかもしれないわ。でも真壁さん。最初に打ち合わせしたのは羽田空港だったじゃないの。帰国したばかりと伝えたわよね」

　真壁は口をパクパクさせた。

「そのときは大屋東四郎だったじゃないですか。まさか老人だとは思わなかったから、編集長も驚いていたけど……え、ハリウッド……特殊メイクをやっていた？　そういうことなんですか」

「ちょっと違うけど似たようなものね」

　文佳は言った。庵堂が続ける。

「そんなに驚くことじゃなく、土台さえあれば可能なんですよ。塗りつぶしてから描き直すので」

「ずいぶんな言われようだこと」

庵堂の膝をぐいと押し、文佳は長い脚を組む。庵堂は笑っている。

「……ちょっと待ってくださいよ、それじゃ雨宮先生は、対外的な手段として、その……」

『変装』を、と訊こうとすると、文佳は片方の眉を持ち上げた。

「そこそこ時間が掛かるのよ。だからあまり外へは出ないの。執筆時間が削られるから」

まったく答えになっていない。真壁は、縁がなぜ『時間が掛かって面倒くさい変装』をするのか知りたいのだ。

「真壁さん。まさか私の私生活を本にしようと思ってる？　作家は俳優と違うのよ。そんな本は売れないわ」

「雨宮先生ならいけそうな気がしますがね」

「どうかしら。思い上がって目立つようなことをしないのが平穏に生きていくコツよ」

「充分に目立っていると思いますけど」

豪華な巻き毛を見て言うと、

「それはあなたが私の色々を知っているからでしょ」

響鬼文佳はピシャリと言った。

「隠れるほど見つかりやすいということもあるわ」

誰に向けてか、瞳に鋭さを浮かべてつぶやいた。

真壁は意味がわからず庵堂を見たが、庵堂は聞こえなかったかのように車窓を眺めているだけだ。スケジュールを押さえられないままに、電車は川口駅に到着した。改札を抜けるとロータリーにバス停が並び、岡田が住む団地行きのバスがあるとわかった。時刻は昼少し前。ここで話を詰めておきたいと真壁は思い、二人を昼食に誘ったが、断られてしまった。

「パートさんが熱でも出して唸っていたら大変よ。食事なんか後でいいと思わない？」

「円満離婚ではなかったのなら、モラハラ亭主も心配ですね」

庵堂までも、そう言った。

「いや、まさか」

と、真壁は笑ったが、たしかに岡田は無断欠勤するタイプではないし、縁の言葉で、魔法にかかったように胸騒ぎが始まった。

「異変はなかったのかしら？　後をつけられている気がしたとか、変な電話があったとか」

「俺だって部署が一緒ってわけでもないし、先生のサイン本を作る日にたまたま手伝ってもらっただけなので、詳しい私生活なんか知らないですよ」

「離婚の理由は知っていたじゃない」

「岡田さんはあっけらかんとした人で、入社時の挨拶でも、新米シングルマザーだと自己紹介していましたからね。まてよ……でも……」

　庵堂がバスの時間を見ている後ろで、真壁は岡田の言葉を思い出す。

「シェルターを出て自立したばかりと言ってたけどな、でも、そういえば」

　最近気味の悪いことがあったという岡田の話を伝えると、文佳は突然顔色を変えた。

「……パパ？」

「そうですね、子供が『パパ』の話をすると」

「もとのご主人のことではなくて？」

「最初は俺もそう思ったんですけどね、もとの亭主じゃないみたいです。モラハラ亭主は自分を『お父さん』と呼ばせていたし、子供とキャッチボールするようなタイプではなかったと。それに、もと亭主は今の住所も、勤め先も知らないはずだと言ってましたね。実際はわかりませんが」

「そうね。真壁さんも住所を知ってるわけだから」

　文佳は深刻な顔をしている。

「それは俺に信用があるからですよ、と言いたいですが、仰る通り、本人が思うほど周囲は危機感を持ってくれないものですからね」

「次のバスまで三十分です」

　振り返って庵堂が言う。

「タクシーを拾うわ」

縁は勝手にタクシー乗り場へ移動した。

「え、先生」

「緊急事態かもしれないっていうのに、タクシー代をケチるなんて言わないで」

「でも、俺が個人的に様子を見に行くだけなんですよ」

「なら私が払うわ」

もうタクシーがドアを開けている。

「そういうわけにはいきませんって」

「乗るの？　乗らないの？　先に行くわよ」

庵堂が首をすくめて真壁を追い越す。真壁も慌てて車へ走った。

縁が助手席に乗ってしまったので、真壁は庵堂と後部座席に這(は)い込んだ。背の高い庵堂と、ガッチリ体形の真壁、さらに文佳のスーツが入った箱で後部座席は窮屈だ。縁は運転手に行き先を告げ、

「急いでくださらない？」

と、付け足した。豪華な美人とガタイのいい男二人を目視して、運転手は車を発進させた。

「先生が慌てるから胸騒ぎがしてきたじゃないですか」

赤信号で止まるたび、項のあたりがチリチリとする。文句を言うと、

「何もなければいいわけですから、慌てて損はないですよ」

穏やかな声で庵堂が言う。メッシュのように白髪の混じった長髪と、白いシャツにブルーデニムは、細身の男によく似合う。会うたびに役者のようだと感じた理由が、隣に並ぶとよくわかる。無精ひげを生やしているが、顔つきが端正で暑苦しさがないからだ。もしや『庵堂』もフェイクなのかとふと思い、ドーランを塗っていないか見ていると、「どうしました？」と、庵堂が訊いた。

「あ、いや……お二人は、向こうでどんな仕事をされていたんですか」

「さっき話したじゃないの」

助手席で、前を見たまま縁が言った。

端的な喋り口から運転手の前では話したくないのだと悟り、真壁は即座に話題を変えた。

「さっきの話と言えば、ですね。刊行予定ですが」

「それは庵堂に訊いてちょうだい」

真壁は再び庵堂を見た。彼はスマホでスケジュールを確認している。

「申し訳ありませんが、来年は一杯なんですよ」

「どこかにうまくねじ込めませんか」

「雨宮はキャラ設定に時間をかけるタイプですし、書き下ろしも抱えていますので」

「うちとマダム探偵はともかく、それ以外は年に一冊の刊行ですよね」

「つまり一杯ということです」

庵堂はニヤリと笑った。この男はあまり歯を見せないが、瞳(ひとみ)を覗いてくるので迫力がある。まあ、言いたいことはよくわかる。粗製濫造(そせいらんぞう)で読者の評判を落としても出版社は責任を取らない。如何に作品への愛があろうと編集者は組織の一員で、意思と関係なく異動させられることもあるし、逆に、意思とは関係なく刊行させなければならないこともある。結果として、出版作に責任を負うのは作者だ。わかっているからゴリ押しもできない。

「でも、作品には旬(しゅん)がありますからね」

もう一押ししてみると、

「わかっているわ」

縁は言って、真壁を振り向いた。運転席と助手席の隙間(すきま)にネイルを施(ほどこ)した指がかかって、ラインストーンがキラリと光った。

「でも、まだ少し早いと思うのよ。本が出たら『のぞね書店』も扱うでしょう?」

『スマイル・ハンター』は実在の事件をモチーフにしたエンタメ小説で、「のぞね書店」には当該事件の被害者である書店員が勤めている。飯野(いいの)といって、かつて黄金社の営業職に就いていた女性だ。それでか、と真壁は背もたれに体を預けた。

「スケジュール云々の問題じゃないんですね」

「やるかやらないかと問われればやるつもりだけど、早いと思うわ。被害者への思い遣りと共感は必要よ。どんな場合も」

真壁は眉をひそめて首を傾げた。

「もしかして、主人公が中年男だったのも、そのためですか？」

縁は悲しげな表情をした。

「書きたいことがあったのよ。でも、真壁さんが言うように、販促面からのキャラ設定ではなかったわ。だからちょっと考えてみる」

「刊行予定に関しては、こちらで詰めてからお返事するということでよろしいですか」

重ねるように庵堂が言い、とりあえず真壁も承諾した。


前方に団地が見えてくると、文佳は首を伸ばして棟番号を確認し、岡田が住む棟の正面にタクシーを着けさせた。庵堂はまだスマホをいじっている。支払いは私が、と言っていたくせに、車が止まると文佳は我先に車を降りて、庵堂もスーツの箱を引き出した。

結局真壁が会計をすませて、領収証をもらっているうちに、二人の姿は建物へ消えた。

「ていうか、様子を見に来たのは俺だってぇの」

吐き捨てて、タクシーを降りる準備をする。編集者の鞄は大きくて重い。運転手に礼を言って後部座席を出るときに、タクシー無線が鳴り出した。

――……B105号車……車載カメラの……――

運転手がドアを閉め、真壁は早速庵堂を追う。

タクシーはしばらくそこで停車していた。

庵堂の荷物は大きいけれど軽いスーツだ。対して真壁の鞄には、紙の書類やノートパソコンまで入っている。それをぶら下げて三階まで行く覚悟を決めて棟へ向かうと、文佳と庵堂は一階の共有部分に設置されている集合ポストの前にいた。

「チラシだけど、一昨日の分までは回収されているみたい」

真壁を見ると文佳が言った。

「なんでわかるんですか」

「隣のポストを見たからよ。隣はほぼ満杯で、消印ありの請求書が間に挟まっているから、請求書より下のチラシはそれより前に来たということ。岡田さんのポストには昨日と今日のチラシしか入っていない」

「勝手に開けて見たんですか」

「古い設備って親切よね。性善説に基づいているから……行きましょう」

縁はハンカチを持っている。素手で開けずにハンカチを使ったのだ。コソ泥か、と、心の中で真壁は突っ込む。ズラリと並ぶポストには配達物やチラシがはみ出しているものもあるが、律儀に中身を回収するのは岡田らしい。そんなことを考えている間にも、縁は階段を上って行く。無機質なコンクリートの階段は子供の頃に住んでいた団地を思い出させる。真壁の世代は子供の数も多かったから、一緒に遊んでも互いの家は知らなかった。子供は外で遊ぶものだと言われていたし、同じ住環境で同じように暮らしていたので、誰かの家を知りたいとも思わなかったのだ。

通路に積み上がった漬け物樽や段ボール箱を見ていると、懐かしさとともに侘しさを感じた。その子もいつしか、いいオッサンだ。

「真壁さん」

三階に上がったところで縁に呼ばれた。編集総務のメモは手帳に挟んだままなので、床に鞄を置いてメモを出す。間違いない。縁がいるのは岡田が住む３０３号室だ。さすがに勝手なアクセスはせず、縁と庵堂はドアの脇で待っている。真壁は先頭に行ってノックした。

返答はない。

再度ノックしてからドアノブを握ると、カチャリといった。

一瞬互いに視線を交わし、真壁は隙間に声をかけた。

「岡田さーん、黄金社の真壁だけど」

もう一度ドアを叩いて耳を澄ませたが、返答はない。

「岡田さん？　入るけど」

午後の団地は静まりかえって、建物全体が昼寝しているかのようだ。屋外で遊ぶ子供の声がするわけでなく、鳥や虫の声が聞こえるわけでもない。大通りから奥まった棟の雰囲気はけだるい。

真壁はドアを引き開けた。その瞬間、不穏な気配が鼻腔を突いた。声もなく玄関に立ち尽くす真壁をよそに、縁はスカーフを外して庵堂に渡した。庵堂はそれで頭を覆い、通路に置かれた真壁の鞄を引き寄せて、閉まりたがるドアのストッパーにした。

玄関には子供の靴と婦人用のパンプスが丁寧に揃えて置かれている。玄関マットは動いておらず、立って使える長い靴ベラが下駄箱に掛けてあり、壁には子供が描いた絵が飾られている。上がり框に目隠し用の暖簾が下がり、近づくと顔にまつわりついてくる。意を決して靴を脱ぎ、真壁は上がり框に立った。狭い靴脱ぎに縁も入り、庵堂は開け放った入口を見張っている。暖簾の脇がサニタリースペース、反対側がキッチンで、ダイニングと兼用になっていた。

部屋へ入ると、四人掛けテーブルの中央にブーケが飾られ、二人分の朝食が準備されていた。目玉焼きとフランクフルトと茹でたキャベツ、トーストとミルク、インスタントコーヒー。けれどそれらは手つかずで、着座する家族を待つかのように椅子が引かれて、部屋中が薄青い光に満たされていた。青地に機関車模様のカーテンが窓を覆って、光がそれを透けてくる。

「岡田さん？」

暖簾の下から、真壁は再度岡田を呼んだ。

返事がないのはわかっていたが、どうすればいいのかわからない。

一歩進むと景色も変わる。室内は二部屋で、手前がリビングダイニング、奥がひと間の寝室だ。寝室にはベッドもなくて、布団が敷きっぱなしになっていた。その上に、女性がうつ伏せで倒れている。

「せ……先生っ！」

真壁が縁を呼んだとたん、玄関でガチャンと音がした。庵堂がドアを閉めたのだ。

振り向くと、ハンカチで暖簾をめくる縁の腕に、庵堂が手をかけている。慌てるでもなく、驚くでもなく縁は庵堂の手に指をかけ、そっと外してリビングへやって来た。

寝室がよく見えるよう、真壁は静かに体をひいた。

布団で子供が眠っている。顔色が悪く、弛緩して見える。その布団に上半身を載せ、下半身は畳に投げ出したまま、岡田がうつ伏せに倒れていた。着ているものは長袖のTシャツとスエットパンツで、エプロンを巻いている。裸足であった。

「死んでいます……どうして……」

真壁は唸った。赤黒い液体が掛け布団を汚し、スエットパンツには失禁の跡がある。間違いない、死んでいるのだ。

「真壁さん、警察呼んで」

そう言って縁はシンクへ進む。足踏み式のトラッシュボックスを開けてゴミを見て、テーブルの朝食に目をやってから真壁の脇を通って寝室に入り、子供が寝ている布団を注意深く剝いだ。一瞬顔をしかめてから、またハンカチで押さえて布団を戻す。

「刺し殺されてるわ」

「……え……なんで……」

真壁は頭が混乱している。独りでここへ来なくてよかったと思い、今からでも蘇生（そせい）処置ができないかと考え、小説じゃないんだからと自分を嗤（わら）った。

「庵堂」

縁が呼ぶと、庵堂はスマホで室内を撮り始めた。真壁はさらに混乱し、自分がどういう素性の人間で、ここで何をしているのかが一瞬だけわからなくなった。目の前で岡田が死んでいる。子供もそばで死んでいる。掛け布団は血を吸って、そこに遺体が二つある。

「早く電話して、真壁さん」

縁に再び言われたとき、真壁はようやく我に返った。

縁の瞳はもはや響鬼文佳ではなく、サイコパシー・キサラギの眼光を宿している。ああ、そうだ。この人はこういう人だった。自分がいま殺人現場にいて、その第一発見者に

なってしまったらしいことを、真壁は突然理解した。スマホから警察へかけようとアタフタしていると、

「『緊急通報』もしくは『緊急ＳＯＳ』をタップするのよ」

と、縁が言った。

慌てているからなのか、それとも混乱しているからか、そんな機能は画面にないし、出てこない。

「画面上にない場合、スマホの両サイドにあるボタンを同時に長押ししてください」

次に庵堂が教えてくれる。そういえば、スマホから緊急通報なんてしたことがない。言われたとおりに長押しすると、数秒後、画面に緊急ＳＯＳの表示が出た。親切にも、警察、海上保安庁、火事、救急車、救助のバーが並んでいる。

「警察へ電話を」

『警察』を押して１１０番のバーへ飛ぶ。つながった。

「もしもし、団地で人が死んでいます」

真壁はポケットにねじ込んでいたメモを引っ張り出して、訊かれることに逐一答えた。

冷静に……冷静に……頭の片隅で念仏のように唱えながら、自分の素性を伝えているとき、玄関ドアがまた鳴った。気がつけば、縁も庵堂も消えている。

あっ、ちくしょう！　叫びそうになるのを辛うじて堪えた。

――すぐに署員を向かわせますから、何も触らずにいてください――

「わかりました。でも、部屋の外で待っていてもいいですか」

警察官が到着するまで独りでいるのは耐えられない。通話を終えて玄関に向かうと、靴脱ぎに自分の鞄だけが置かれていた。思い遣りと共感は必要なんて、どの口が言ったのか。

「クソ！　二度目だぞ」

真壁は吐き捨て、自分の指を使って靴を履いてから玄関を出た。殺風景な廊下に人影はなく、階段を一階分下がって踊り場から屋外を探しても、二人の姿は見つからない。

「ああ……くそ……」

今頃になって、しみじみと恐怖が染みてくる。うつ伏せに倒れた岡田の顔は見えなかったが、あれがサイン本の製作準備を手伝ってくれた女性と同じ人物なのか、自信はなかった。真壁の記憶にある岡田は快活で、生きる喜びに満ちていた。布団に精気を吸い取られてしまったように平べったくなって、床に倒れていた人物と同じとは思えないし、思いたくもない。布団をめくって、縁は何を見たのだろう。冷静な顔をして。

「……あの臭い……」

突然吐き気に襲われて、真壁は通路にしゃがみ込み、会社へ報告しなければと自分を奮い立たせてスマホを出した。今までも色々な現場へ潜入取材をしてきたが、〝誰かの話〟

を取材するのと、当事者になるのとではまったく違う。混乱、恐怖、絶望、興奮と怒り……なんだかわからない慟哭(どうこく)に突き動かされながらも、真壁は、作ってきた本に込めたと信じてきた魂は、本物だったのだろうかと考えていた。

第三章　有楽町(ゆうらくちょう)ガード下あたり

法務省法務総合研究所が発表した「殺人事件の動向」に関する報告書によれば、殺人事件の約九割が顔見知りによる犯行で、うち三割程度が親族によるもの。面識なしの人物による犯行は十一パーセント程度であるという。これは令和(れいわ)以前のデータだが、警察の認識は今も同じようなものだと思う。だとすれば、岡田の顔見知りであり、第一発見者でもある自分は最有力容疑者候補ということになってしまう。

週明けの午前。黄金社へ出勤した真壁は暗澹(あんたん)たる思いでいた。朝一番で上司に子細を報告し、編集総務部から目のふちを赤くした高橋がやって来て、

「とんでもないことをお願いしてしまってごめんなさいね」

と言われたときも、真壁は自分が、たとえば縁の作中に取り込まれているだけというような、逃避思考に囚(とら)われていた。あれから現場検証に立ち会わされて、岡田の死に顔を確認させられたこと、聴取されて名刺を取られ、何かあったらまたお話を伺(うかが)いたいのでよろしくお願いしますと言ったときの刑事の目つきや、ブルーシートで囲われてしまった岡田

の部屋や、鑑識が室内に設置したまばゆいほどのライトの光が、夢と現の両方で、思考を出たり入ったりし続けている。

とんでもない目に遭った。体の中も外もアルコールで消毒したいと真壁は思い、普段ならメールで済ます相手に電話をかけた。

——蒲田です——

思った通り、相手は呑気な声で電話に出た。爽やかでどこかのんびりした声は、青空高く消えていくホームランボールをイメージさせる。

これだよ、これ。と、真壁は思う。蒲田くんは業界の清涼剤だな。

「黄金社の真壁だけど。蒲田くん、今日は少し空いているかな」

——今日のいつですか？——

「今日の夜」

深い説明はせぬままに、真壁は相手の反応を待つ。

蒲田宏和は三十二歳。かつては黄金社の装丁部にいたが、社の再編でフリーとなって、雨宮縁のシリーズなどを手がけているカメラマン兼デザイナーだ。

「七時半すぎでどうだろう」

真壁は返事を促した。

——その頃なら大丈夫そうですが、なんですか？　雨宮先生の新作ですか？——

「……どこで会おうか」

――ぼくはどこでもいいですけど――

できることなら、喧騒に紛れて会話が聞こえないくらいの店がいい。深刻に話すのは気味が悪いし、誰かに聞かれたくもない。真壁は考え、候補を挙げた。

「じゃあさ、あそこでどうかな？　有楽町ガード下の、タコが逃げる店」

蒲田はちょっと考えてから、

――あ、わかりました。タコが逃げる店ですね――

と、笑った。それは件の店の名物メニューだ。

――座れるといいですけど。じゃ、とりあえずそこで七時半に――

蒲田の声が陰惨な現場の記憶を和らげてくれたので、真壁はようやくパソコンを立ち上げた。真っ先にニュースサイトをチェックする。川口市の公営住宅で母子の遺体が見つかったという記事は、発見した日の夜には小さくアップされていたものの、その後の動きはほとんどなかった。

けれども今日は、

【無理心中か　川口市の公営住宅で母子が死亡した事件】

無理心中で決着したことを匂わせている。掲載された写真は公営住宅を俯瞰で写したもので、真壁らがタクシーを止めた場所にパトカーが何台も集まっている。各部屋の窓が並んでいるだけで、ブルーシートや捜査関係者の姿はない。

「無理心中」

つぶやいて、やるせない気持ちになった。

どうりで捜査員が再び訪ねて来ることもなかったし、自宅や近所を聞き込みに回った様子もないわけだ。容疑者にならなくて安心したせいか、ようやく岡田と子供を悼む気持ちが湧いてきた。テレビドラマでよく観るが、現場を見たとたん死体にすがりついて号泣するなんて、当事者になればできないものだ。ショックを受けると考えを整理する時間が必要になって、感情を出すタイミングを逸してしまう。少なくとも真壁にはようやく〝気持ち〟が戻った。岡田がこの世を去ったという現実を認める気持ちだ。

彼女の笑顔が頭に浮かぶ。結局は、縁が為書きしたサイン本を渡してやることができなかった。頑張っている彼女を勇気づけようとしたのだが。

刺し殺されてるわ、という縁の声が頭に響いた。モラハラ夫についての話も。

「これって、本当に無理心中なのかな」

岡田はとても前向きだったし、離婚に対しても吹っ切れているようだった。何より息子を愛していた。玄関には子供の絵が飾ってあったし、カーテンは機関車模様で、靴も丁寧に揃えてあった。空白の二日間に何かが起きて、それが彼女を絶望させたとしても、子供を刃物で刺すだろうか。岡田は母親だ。自分自身は刺せたとしても、子供に刃物を使うだろうか。

それとも自殺を決意したときの精神は、完全に常軌を逸しているのだろうか。母親ならば、子供を一番苦しませない方法を模索するのではなかろうか。

苦しませずに死なせる方法なんてあるのかなと、真壁は思う。

メールの受信通知が次々に鳴る。担当作家からの確認事項か、営業や販売部の業務連絡かもしれない。卓上カレンダーは作業スケジュールでびっしりだ。原稿アップの予定日に改稿の〆切り日、校閲や校正の上がり具合、確認の予定、部数会議に企画会議、取材に新刊の打ち合わせ、色校に見本の確認、サイン本の作成日……ブツブツ文句を言いつつも普通にこなせていた仕事が重い。人間はこれほど簡単に精神をやられてしまうのかと真壁は感じ、パワハラ夫から逃れてきた岡田の苦悩に思いを馳せた。張り詰めた糸が突然切れたら、突発的に将来を悲観することもあるかもしれない。それにしても厭なものを見た。

そして、自分一人を現場に残してトンズラを決め込んだ縁と庵堂に腹が立ってきた。

作家と編集者という立場を抜きにして、〝人間として〟腹が立つ。

新刊の発売予定について庵堂に連絡させると言ったのに、そっちも梨の礫じゃないか。

響鬼文佳の人を喰ったドヤ顔も、豪華な巻き毛も、官能的な唇も、そこから覗く白い歯も、何もかもが憎たらしい。

有楽町界隈が仕事帰りのサラリーマンで混雑する夜、真壁は怒りを抱えたまま、大股で蒲田と約束した店へ向かった。以前に縁がぜひ飲んでみたいと言った店で、そのときは蒲田に席取りを頼んだ。豊富なメニューを庶民価格で楽しめる人気の店は、なかなか席を取れないからだ。タイムスリップしたかと思うほど昭和レトロな雰囲気を残す一帯は、この時間になるとガード下からもうもうと白い煙が上がっている。焼き鳥を焼く煙とも、もつ鍋から立ち上る湯気とも知れないそれは、穴蔵のような高架下にこもって酔客の姿を霞ませる。どこの誰かと考えたりしない。煙に紛れて酒を飲む人は誰もがただの酔っ払いだ。経年劣化で一部が抜け落ち、それでもなんとか有楽町コンコースと読めるチャンネル文字の下に立ち、煙越しに件の店を眺めていると、歩道にはみ出たビールケースのテーブルで蒲田が手を振っていた。案の定店は大入り満員で、立って順番を待つ客もいる。助かった、と真壁は蒲田に駆け寄った。

「蒲田くん、お待たせ。よかった、よく席が取れたな」

ネクタイをゆるめながら言うと、蒲田は眉尻を下げて笑った。

「ダメそうだったんですけど、運良く相席できたので」

チープな席は四人掛けだ。もしも女性と相席ならば愚痴を言わずにただ飲もう、とテーブルを見ると、蒲田の前には飲みかけの生ビール、隣にウーロンハイのグラスがある。

「相席の人は？」

丸椅子に座ると蒲田が言った。

「トイレです。戻って来ますよ」

「ふーん」

あまり気にせず生ビールを頼む。いきなり強い酒に行きたかったが、そうもいかない。

「急にどうしたんですか？」

「んん？　実はさ」

身を乗り出したとき、ウーロンハイに人影が差して、

「お疲れ様です」

と、頭の上から声がした。振り仰いで、真壁は驚く。

「庵堂さん」

招かれざる男は当然のように席に着き、

「けっこう寒くなってきましたね」

などと言った。蒲田がニヤニヤしていた理由はこれだ。腹に溜めていた怒りも忘れて、
ゆるめたネクタイをまた締め直す。

「なんで庵堂さんが」

「それが偶然なんですよ。ぼくが来たときここにいて、一緒にどうぞと言ってくれたの

で」

蒲田はただ嬉々として、無邪気に手を挙げ店員を呼ぶ。

「真壁さん、今日もナポリタン頼みます？」

偶然？　んなはずあるか、と真壁は思う。

「間もなく雨宮も来るはずですが」

ほーら見ろ。一度は沈めた怒りがムクムクと頭をもたげた。運ばれて来たビールジョッキを手に取ると、乾杯もせずにゴクゴク飲んで、テーブルに置いてから真壁は言った。

「まさか、俺を張ってたんですか？」

「いや、まさか」

庵堂は白い歯を見せる。つくづく真意の読めない男だ。考えていることが全て顔に出る蒲田とは正反対だ。

「ここで待つよう雨宮に言われたんですよ。ここにいれば真壁さんに会えるだろうと」

真壁はジロリと蒲田を睨んだ。

「え、ぼくですか？　ぼくはなにも」

「蒲田さんじゃなく雨宮の推理です。週末の件で真壁さんは頭にきているはずだから、蒲田さんを呼んで飲みたいんじゃないかと。その場合は騒がしい店にするはずで、予算的にもここだろうって。用が済んだら雨宮も来ます」

それから真壁に囁いた。

「雨宮はここのナポリタンが気に入ったようです」

「じゃ、二つ頼んでおきますか？」

事情を知らない蒲田は邪気がない。

「来てからでいいよ」

と、真壁は言った。仕事でなく作家と会うのは妙な感じだ。気構えというか、心構えが追いつかない。ちくしょう、今日はどんな仮面をかぶってくるかな。そこから意識を作っていかないと、言いたいことも、打ち合わせの内容も、向こうのペースに持って行かれる。そもそもこれは打ち合わせじゃないと気がついて、真壁はビールを飲み干した。

「すみませーん、水割りください。ダブルで」

「それと逃げタコ、あと、タタキとシシャモ」

煙をかき混ぜるように手を振って、強引にオーダーを取り付ける。

申し訳のように庵堂を見た。

「そちらも何か頼みますか？」

「雨宮が来てからで」

長髪の隙間で目が笑う。

「真壁さん、今夜は機嫌が悪いんですね。何かあったんですか？」

と、蒲田が訊いた。庵堂は相変わらずのポーカーフェイスで、それがまたカチンとくる。この野郎、俺を現場に置き去りにしやがって。ジョッキの底に少し残った泡を飲み干し、真壁はエヘンと咳払いした。丸椅子をテーブルに引き寄せて、ただ一人事情を知らない蒲田の瞳を覗き込む。

「蒲田くん、あのさ。先週、うちのパートさんが無理心中しちゃったんだよ」

ジョッキ一杯のビールでは酔いもしないが、庵堂に当てつけるように言う。

「えっ」

と蒲田は言葉に詰まり、首を伸ばして小さな声で、

「新作のネタじゃなく?」と、訊いた。

「こんな不吉な話、さすがの俺でもネタにしないよ」

「どうもその節は、先に帰ってしまってすみませんでした」

表情も変えずに庵堂が言う。真壁はジロリと彼を睨んだ。

「無理心中で決着したからいいようなものの、あれが殺人だったら……」

「シーッ」

と蒲田が唇を鳴らし、上目遣い(うわめづか)いに合図を送る。店員がタタキと水割りを運んで来たのだ。料理と取り皿がテーブルに並ぶのを待ってから、真壁は庵堂に食いついた。

「もしもあれが殺人だったら、俺が第一容疑者になるところでしたよ」

「そうですね。すみません」

悪びれもせずにすましている。

「あれから大変だったんですよ。確認させられるわ、根掘り葉掘り聞かれるわ」

「そうでしょうね」

「え？　根掘り葉掘りって？」

独りだけ明らかにテンションが違うと気付いてか、蒲田は真壁と庵堂を交互に見回す。

この際だから言いたいことは言わせてもらおうと、真壁が身を乗り出すと、

「遅くなりました」

声がして、真壁の背後から冷たい手が両目を塞いだ。咄嗟に払って後ろを向くと、

「ああ、お腹空いちゃった」

スクールベストにえんじ色のリボンタイを結んだ女子高生ふうの女が、空いている席にするりと座った。アイドルのコスプレのようでもある。

真壁もだが、蒲田も目を丸くした。

「お待たせしました」

そこへナポリタンが運ばれて来た。赤いウインナーが三つと半熟の目玉焼きが載った人気メニューだ。女子高生は真壁のおしぼりで勝手に手を拭き、

「ナポリタン、もう一つください。あとオレンジジュース」

と、注文をした。ナポリタンにチーズをふりかけ、タバスコのキャップを外している女子高生に視線を注ぐと、思いっきり厭そうな声で真壁は訊いた。

「……庵堂さん？」

庵堂に説明を求めたのに、答えたのは彼女であった。

「『スマイル・ハンター』の主人公だけど、女子高生っていうのはどうかな」

返答代わりに、真壁は水割りを飲み干した。酔ってもいないのに頭が痛い。

「名前はとりあえず片桐愛衣で」

「マジかよ……」

思わず素の声が出る。真壁は蒲田のおしぼりを奪って手を拭くと、その手で自分のこめかみを揉んだ。目を見開いてポカンと口を開け、無言だった蒲田が身を乗り出してくる。

「え……？」

そして彼女を指さした。

「まさか雨宮先生？」

「びっくりした？」

と、縁は笑った。膝丈のスカートからのぞく生足、肩の辺りで切った髪、まだ幼さの残る顔、発育不全の平らな胸、濃紺のソックス、茶色のローファー……それに大屋東四郎の鄙びた顔が重なって、化け物を見たような気になってくる。蒲田も同じ気持ちらしくて、縁を見たままジョッキのビールを飲み干した。

　三人の男に囲まれて、少女はナポリタンを食べている。フォークの先に麵を絡めて、口に運ぶたび人差し指の背で唇を拭う。蒲田に目をやり、

「私の顔に何かついてる？」と、訊いた。

「え……いや……え」

　もはや蒲田はしどろもどろだ。

「蒲田さん、そんな顔しないで。目立つじゃないの」

　手を挙げて、蒲田はビールのおかわりと、真壁のために水割りを頼んだ。

「そんな恰好でどこへ行って来たんです？」

　見れば足下にスクールバッグが置いてある。女装なら響鬼文佳のほうがよかった。こんなガキに化けられたら、さすがに気味悪くなってくる。

「カウンセリングを受けて来たのよ。もちろん取材で」

　いかにも高校生の食べっぷりでパスタを平らげながら縁は言った。

「新しい出版社のやつですか？」

「ジュースまだかな……あ、ここでーす」

　おおらかに注文品を受け取って、新しく届いたナポリタンはテーブルの中央に置く。

「どうぞ。ここのナポリタンって美味しいよね」

ひと皿を食べ尽くし、付け合わせのパセリまで口に放り込んでから、彼女はナフキンで唇を拭った。ストローで力強くジュースを啜(すす)り、ようやく一息ついてスクールバッグを膝に抱く。

「先ず、真壁さん」

上目遣いに見上げる顔に不自然なところは全くない。それがむしろ不自然だ。

「先日は置き去りにしてごめんなさい」

縁が頭を下げると同時に、庵堂も頭を下げた。

「そうですよ。そのことで庵堂さんを責めていたら、先生が」

「先生やめて。愛衣ちゃんで」

「愛衣ちゃんが」

と、言い直す。蒲田はプッと噴き出して、「ごめんなさい」と謝った。

「とにかく、あれから俺は眠れないんですよ」

「誰でもそうなるんじゃない？　ね、蒲田さん」

「すみません。ぼくは話が見えていなくて」

蒲田はただ首を傾げた。

「無断欠勤したパートさんのご自宅へ、様子を見に行ったんですよ。真壁さんと私たちで」

庵堂が説明すると、蒲田は眉間に縦皺(たてじわ)を刻んだ。

「……それで第一発見者ですか……」

「そうだよ」

「ややこしくなるから、あたしたち、真壁さんを残して逃げたんだよね」

縁は首をすくめて言った。

「110番している間にトンズラしやがったんだ。酷(ひど)いだろ」

「すみませんでした」

もう一度庵堂が言う。

「言っておきますけど、今どきは防犯カメラがあるんですから、逃げたって無駄ですよ」

「あの団地にはなかったもん。それに、あのときあたし、タクシーを入口に着けさせたでしょ」

真面目な顔で縁が言うので、真壁も負けずにドヤ顔をする。

「あのですね、タクシーにだって車載カメラが」

「そっちは私が妨害したので」庵堂が言う。

真壁は、車を降りるとき運転手に無線が入っていたことを思い出した。

「妨害したって、どうやって」

庵堂は上着のポケットを叩いた。しつこくスマホを使っていたと思ったら、あれは、

「スケジュールを確認していたわけじゃなかったんですか」

庵堂はニヤリと笑っただけだった。その横で縁が言い足す。

「真壁さんに悪かったなって思っているのはホントだよ」

尖らせた唇でストローを咥え、上目遣いに見つめてくる。車載カメラをハッキングしておきながら、無邪気にしれっと言われてもなあ。本性を知っているだけに、真壁の気持ちは複雑だ。

「ニュース観たけど、あれって無理心中で決着しちゃったんだね」

縁はジュースを飲み干して、最後にズズーッと音を鳴らした。

「ほかにもなにか飲みますか？」

編集者の悲しい性で、真壁はつい訊ねてしまう。とはいえ縁がこの姿では、酒を注文するわけにもいかないし、面倒くさいにも程がある。

「大丈夫、自分で頼むから」と、縁は言った。

「すみませーん、コーラくださーい」

「なんか調子が狂うんだよなあ」

真壁は深いため息をついた。

「あたしの担当長いんだから、そろそろ慣れてもいいと思う」

目を細め、若干首を傾げてから、縁はスクールバッグをまさぐった。

「それでね。話を元に戻すけど、あれは心中じゃないと思うよ」

「どういうことです？」

もしかして縁も殺人を疑っているのか。真壁は訊ね、訊ねてから蒲田の顔色を窺った。

『今昔捕り物長屋』のカバーデザインを担当している縁で、蒲田もこの奇天烈作家と面識がある。だからこそ愚痴を聞いて欲しかったのに、まさか本人が同席する羽目になろうとは。飲み物と料理が運ばれて来て、一同はまた会話を中断した。

蒲田は本来好奇心旺盛なタイプだが、遠慮深いのと酒に弱いのとで、会話に入るタイミングを逸しているのだ。すでに目のふちが赤くなり、酔いが回っているのがわかる。

「キッチンのゴミ箱に卵の殻が六つあったよ。でも、テーブルの朝食は二人分。メニューは目玉焼きとフランクフルトと茹でキャベツ。もう一人分の卵って、お弁当とかに使ったのかな。だけどそれって変でしょう？　あの日は保育園へ行ってないわけだから。朝ご飯の準備がしてあったのも変だよ。手をつけてなかったことも……あと、テーブルの花」

プリントの束を引き出して、縁はそれを真壁に渡した。蒲田が脇から覗き込む。

「ご遺体も写っているから、タタキを食べてから見たほうがいいかも」

ニッコリしながら縁が言った。

蒲田と真壁は顔を見合わせ、箸を握ってタタキを食べた。

「彼女の家は、小さい子がいるのに、もの凄く片付いていたでしょ？　物が少ないことを差し引いても目を惹くのは機関車模様のカーテンくらいで、食器もね、子供用のじゃなかったじゃない。食器棚には子供用のがあったのに、どうして大人用の食器を使ったの？」

「食器まで見たんですか？　あの一瞬に」

「テーブルにあったら普通は見るでしょ」

縁がプリントしてきた写真には、食卓の様子も映されていた。確かに花が飾られていて、食器は無地の白であり、スプーンもフォークも大人用だ。そういえば、自分の子供が小さい頃は、キャラクター付きで樹脂製の割れない食器を使わせていたなと思い出す。

「俺はそれどころじゃなかったですけどね」

「普通はそうですよ。ぼくだって動転しちゃってそれどころじゃないと思います――」

蒲田が同意してくれた。

「――冷静に室内の写真なんて撮れません」

それに対しては何も答えず、縁は続ける。

「今どきは百円ショップでもお洒落な食器が買えるから、無彩色って変だなと思って」

「それについては、ですね」

言いかけて真壁は言葉を切った。酒を飲み、追加のつまみを頼んで続ける。

「彼女の夫がモラハラ野郎だったからだと思います。後遺症と言えばいいのか」

「たしかにね、それは思った。洗脳がきつかったんだろうなって。まだ全然解けてない感じだったよ。でもさ、心中だったら原因はなに？　無断欠勤の前日までは普通に勤務していたんでしょ？　空白の二日間に何があったか……部屋を見た感じだと賊が侵入した形跡もなかったけど……でも、ゴミ箱にフライドチキンの食べ残しがあったんだよね」

今度はストローを使わずに、グラスから直接コーラを飲んだ。ナポリタンを平らげたからなのか、他の料理には手を出さない。

「食べ残しがあると変ですか？」

真壁が訊いた。

「自立したてのシングルマザーで、ファブリックも日用品も食器も安く揃えているわけだから、食べ物も粗末にしないと思うよ。食べ残しは冷蔵庫に入れるとか、リメイクとかするんじゃない？」

「俺もそこまで彼女のことを知っているわけじゃないですからね。ていうか、そんなところまで見たんですか」

縁が指さす写真には、たしかにチキンが写っている。商品のパッケージまでバッチリだ。しかも、ほぼ手つかずのチキンもある。

「ホントだ……妙っちゃ妙ですね」

「心中じゃないって、どういう意味ですか？」

横から蒲田がそう訊いた。

「二人でプリントよく見てよ。いろいろ変だと思わない？」

　庵堂が撮った写真には、岡田の日常が写し出されている。玄関、靴箱、食器棚、ゴミ箱に冷蔵庫の中、いつの間に撮ったのか、風呂場やトイレ、照明器具、ダイニングテーブルの脚や洗濯カゴまで。うつ伏せになった岡田と、きちんと枕に頭を載せて死んでいた子供の写真は二枚だけだ。

　あのとき、縁は掛け布団をめくって、子供は刺し殺されていると言った。

「そういえば、現場で凶器を見なかったなあ」

　キッチンを撮った写真には、ペティナイフとキッチンバサミがあるだけで、庖丁がない。

「警察が心中と判断したってことは、凶器は岡田さんの体の下にあったんだよね、たぶん」

　宿題プリントさながらに、縁は遺体写真を指した。真壁と蒲田は自然に椅子の間隔を詰め、他人から覗かれないようテーブルの下でそれを見る。

「子供は寝ているところを刺されたみたい。布団は剝いで、一撃必殺」

　傷口を写した写真はない。あくまでも確認した縁の主観である。

「母親も一刺しだと思う。でもさ、普通は――」

「薬物や幻覚、妄想などでトランス状態になっていない限りは」

ウーロンハイを傾けながら、庵堂が補足した。

「――普通は一刺しなんてできないものだよ。警察もわかっていると思うけど……玄関の鍵は開いていたって、訊かれたときに話したんでしょ？」

「話しましたよ。訊かれたことには」

真壁は縁が何を考えているか知りたかった。

本人の口からハッキリと、あれは他殺だと言わせたかった。

「モラハラが元で離婚したって話もしておきました。あと、『パパ』の話も」

「でも心中ってことになっちゃうのよね」

縁はしみじみため息を吐いて、真壁のナポリタンに付け合わせてあったパセリをつまんだ。

「パセリ好きな人って、いるんですね」

蒲田が感心したように言う。

「残り物には福があるって知らないの」

「先生も、もと夫の犯行を疑っているんですか？」

縁に体を寄せて囁くと、制服の繊維臭に混じってシャンプーの香りがした。

「それなんだけど……真壁さん。近いうちに蒲田さんと一緒に事務所へ来てくれない？」

質問に答えることもなく、縁は飲みかけのコーラをテーブルに置いた。気がつけば庵堂の姿が消えている。

「え、ぼくもですか」

と、蒲田が訊ね、真壁は厭そうに縁を眺めた。

「ほーら、その顔」

縁が笑う。

「知ってる？　加害者も死亡する無理心中は、警察から報道に開示する情報が当該家族に配慮したものになりがちで、捜査も比較的早く終了するんだよ。同じ理由で、無理心中事件は統計すら取られない。でも、それっておかしいと思うんだよね。加害者も死んだというだけで、無理心中は殺人でしょ？　了解もなく家族が家族に殺されるわけだから」

透明な頬がわずかに血の気を帯びている。

「過去のニュースデータを検索したら、小さい子を道連れにする場合、刺殺は少ないみたいなの。凶器を使うのは子供がすでに御しにくい年齢になっている場合とかで、わりと多いのが絞殺で、あとはガス、車ごと身投げ……子供は絞殺したけど自分には刃物を使う場合はけっこうあって、これは潜在的な罪の意識から起こしがちな行為かも。加害者の死因で多いのは、飛び下りと縊死みたい」

「やっぱり第三者の関与を疑ってるんじゃないですか」

すねた口調で真壁が言うと、縁は静かに俯いた。

「聞いてもらいたい話があるの。でも、ここでは言えないから事務所へ来てよ」

「『スマイル・ハンター』のキャラ設定ですか？　まあ、中年親父が主人公よりは、女子高生のほうが売れそうですけど、そうなると脇を固めるキャラが重要になってきますよね。ちゃんと大人も出さないと、読者層が限定されて……」

「そうじゃなく、もっと大きな話なんだけど」

おしぼりで両手を拭い、縁はついでにテーブルも拭く。

「真壁さんって、本来はノンフィクションの編集さんよね？　編集さんというかライターというか」

「脱稿が間に合わないから自分で書いてるだけですけどね」

「あのね」

と、言いかけてからニコリと笑い、

「これは事件よ。まだ誰も気付いていない事件だわ」

『黄昏のマダム探偵』響鬼文佳のキメ台詞(ゼリフ)を口にする。そして素早く立ち上がり、会計をすませて戻った庵堂と並んだ。

「トンズラしちゃったお詫びに、ここまでの支払いは庵堂に済ませてもらったからね。子供はそろそろ帰る時間で……じゃ、お二人とも、あとはごゆっくり」

スクールバッグを手に持って、二本指をこめかみに置く。

「それではお先に失礼します」

庵堂は礼儀正しく腰を折り、真壁と蒲田があっけにとられているうちに、煙の中へと消えていく。その後ろ姿を見送りながら、どう見ても不良中年とＪＫのカップルだなと真壁は思った。

「ヤバい先生だと思ってはいたけど、ホントにヤバい先生だったんですね」

すっかり赤い顔をして、蒲田がぼんやりつぶやいた。

第四章　雨宮縁私設捜索班

懸案事項について、原稿アップを来年の暮れあたりで如何でしょう、と庵堂からメールが届いたとき、真壁は新宿駅で本八幡行きの電車を待っていた。有楽町で縁らと会った翌朝のことだ。

岡田を襲った不幸については、ほんの一瞬だけ衝撃が社内を駆け巡り、あっという間に鎮火した。為書きをした見本が真壁の元へ戻ることもなく、会社から岡田の気配は根こそぎ消えて、真壁も書店で新刊の動向を確認したり、売れ筋を見て新しい作家を探すという忙しくも平凡な日常に戻りつつあった。庵堂のメールを読みながら、主人公を女子高校生にするという縁の案について考えたりする。縁扮する主人公たちは総じて嘘くさい感じがあるけれど、女子高生キャラはよくできていた。そういえば、以前に一度だけ、帝王アカデミーの社葬で見かけた青年キャラも、よくできていたなと思い出す。もっとも、あのときは遠くから見ただけだったが。

間もなく滑り込んで来た電車は満杯だった。流れに押されて車内へ入り、とりあえずスマホをポケットに落とす。

ここ数年、真壁は帝王アカデミーを取材している。精神医療とそれに関する施設や学校などを運営する企業だが、真壁自身の目的は、精神医療などという高尚なものではなくて、むしろ下世話なゴシップだ。今では巨大企業の帝王アカデミーも、十五年前まではメンタルトレーニングやメンタルアドバイスを手がける大規模なクリニックに過ぎなかった。経営者の片桐寛（かたぎりひろし）は善良を絵に描いたような医学博士だったというが、長女をストーカーしていた男が嵐の夜に一家を襲撃して片桐寛と妻が死亡、長男と次女は意識不明の重態で発見されるという不幸に見舞われた。犯人はすぐ逮捕されたが留置場で自殺。事件の詳しい経緯が語られることはなかった。

たまたま学校行事で留守だった長女をかつぎ上げるかたちで、その後は経営陣が事業を拡大、長女は役員に就任して別会社の御曹司（おんぞうし）と結婚、夫を社長の座に据えることで会社はさらに大きくなった。先頃この夫が死亡して、葬儀の取材中に真壁は青年を見たのだ。彼は無礼にも葬送の列を無視して喪主（もしゅ）である長女の前に行き、その耳元で囁（ささや）いた。一緒にいた蒲田が望遠カメラで確認し、

——ネエサン　オメデトウ　マタ　ツミヲ　オカシタンダネ——

と、唇が動いたようだと真壁に告げた。帝王アカデミーは面白い。面白いと言うと語弊（ごへい）があるが、この企業を照らす光と影はベストセラーの匂いがする。

「だけど企画が通らないんだよ」

真壁は思わずつぶやいた。ハイエナのように他人の不幸を売り上げに繋げる業界にあって、なぜかこの企画は通らない。通らないからこそ真壁は燃える。それは自分のエゴなのか、それとも使命か、今でも真壁は時間と自腹を割いてこの案件を追いかけている。ノンフィクション本はタブーに触れるほどヒットするのだ。

神保町で電車を降りると、社のデスクに戻ってから庵堂にメールを返した。原稿アップの時期は了承したが、主人公を女子高校生にする案については検討の余地があると告げる。スケジュール調整は庵堂で、プロットについては縁に相談するべきなので、返信用のメールは縁にもカーボンコピーをつけた。これで縁も庵堂も、同じメッセージを受信する。

卓上カレンダーでスケジュールを確認し、ほかの作家から送られて来たデータをプリントアウトしてデスクに戻ると、メーラーがまたも数件の受信を告げていた。

「やれやれ」

と、つぶやきながら椅子に掛け、プリントアウトした原稿をクリップで留める。

原稿を読むときは極力集中していたい。真壁はパソコンの音量をオフにして、受信メールを確認した。急ぎでないものは後回しにしようと考えたからだが、早速戻って来た縁の返信が別タイトルで、しかも添付ファイルがついているのに気がついて、それを開けずにいられなくなった。デスクに座り、パソコンを引き寄せてメールを開く。

――件名：【真壁様へ　雨宮縁よりご相談】――

〆切りを延ばしたいのかと一瞬思い、そうなら添付ファイルはなんなのだろうとまた思う。ファイルは圧縮され、鍵付きで送られている。先ずは文面に目を通す。

――真壁様　昨晩はお疲れ様でした。お手隙のときにでも添付ファイルを確認の上ご連絡いただけましたら　雨宮拝――

「それだけかよ」

つぶやきながら圧縮ファイルを解凍する。原稿ではなく画像データだ。写真は数枚。解像度はあまりよくない。とりあえず一枚をクリックし、モニターに大写しされたものにうろたえた。

慌てて周囲を見渡すが、編集者たちは誰もが不機嫌な顔で仕事をしていてこちらは見ていない。真壁はモニター一面を覆うほど大きな写真を縮小した。心臓に悪い。

それは殺人現場の写真であった。子供が二人、そして母親らしき女性、三人とも椅子に縛りつけられ、血まみれになって死んでいる。ダイニングテーブルには花が飾られ、食事の用意がされている。写真のコピーをさらに画像にしたかのように解像度の粗い写真だ。

「なんだよ、これは……」

別の写真をクリックすると、ハッチバックドアを開けたまま停車した車が出て来た。何を写したものだろうと考えながらもう一枚の写真を開いて、真壁は思わず口を覆った。朝食べた立ち食いそばを吐きそうだ。

強く目を閉じてしばらく気持ちを落ち着かせてから、縁の事務所に電話をかけた。

——はい。雨宮縁事務所です——

庵堂の声である。

「黄金社の真壁ですが」

庵堂は朗らかに、「昨晩はどうも」と言う。縁が何を送って来たのか知らないのだろう。

「先生はいらっしゃいますか」

知らず険のある声になる。庵堂は縁につないだ。

——真壁さん？　電話、早かったじゃない——

喋り口調は女だが、まだ昨晩の女子高生が憑依しているのか、響鬼文佳か、わからない。

「何を送って来たんです」

腹立ち紛れに訊ねると、縁は一呼吸置いてから、

——ごめんなさい。朝イチで見るには刺激的だったわよね——

と、言った。そのイントネーションから、憑依しているのは文佳だと知る。彼女が好き

なロココ調か、もしくはアールデコ風のゴテゴテした架空の部屋で、新しいスーツに身を包み、長い脚を優雅に組んでいるのだろう。文佳のビジュアルは大好物だが、今朝は色々腹が立つ。

――過去に起こった事件の現場と、あと、車のほうは警視庁が自殺と断定した写真。ハッチを開けて首に巻いたロープの先を木に結び、思い切りアクセルを踏み込んだのよ――

そして、写真をよく見れば千切(ちぎ)れた頭部が写っているわと教えてくれた。もう見たよ。

――瞬間的な縊死(いし)はもっとも楽と言われているけど、発見者にはたまったものじゃないわよね。生涯夢に見てうなされることでしょう――

「だから、この写真が、なんなんですか」

思わず大声を出しそうになって、真壁は自分の額を押さえた。

――一応ね、それも無理心中事件なの――

と、文佳が言う。

――昨晩も言ったけど、心中事件は詳しく報道されないの。その事件は十年前。夫が妻と二人の子供を殺して、自分は寂(さび)れた公園で車を使って自殺した。奥さんとは離婚調停中で、子供の親権を争っていたの。子供が小さいと、裁判では夫が負ける率が高くて、それが犯行動機――

モニターに並べた写真を見つめ、真壁は思わず顔をしかめる。

無理心中……報道ではよく聞く言葉だが、巻き添えになる人物が死を覚悟していることは少ないし、実際に現場へ入れば、その有様(ありさま)は凄惨(せいさん)を極める。加害者も死んでいるというだけで、紛れもなく殺人だ。

「先生は何を言いたいんです？」

——写真をよく見て。気がつかない？——

目を背けたくなるような写真をよく見ろなんて。

両目を細め、遠目にモニターを確認する。そして真壁は、画像の粗い現場写真のどこに注目しろと言われているかに気がついた。食事の用意がされたテーブルは、中央にブーケが飾られている。変わり果てた岡田を見つけたあのときも、食卓にブーケが飾られていたし、ゴミ箱には卵の殻が六つあったと縁は言った。

「……食卓のブーケですか？」

——きれいよね——

ニヤリと微笑む文佳の顔が頭に浮かぶ。

——まだ誰も事件を知らないけれど、岡田さんは自分の子供を殺していない。子供と一緒に殺されたのよ——

響鬼文佳に化けた縁はそう言った。

ご主人に。真壁は、縁が敢(あ)えて言わずにおいた台詞(セリフ)を聞いたように思った。

電話を切るとデスクを離れて喫煙室へ行き、そこから警視庁捜査一課に電話をかけた。

正確には、取材で面識があった警視庁捜査一課の刑事個人に電話したのだ。

基本的に刑事は一匹狼の気質を持っていて、嗅(か)ぎ当てたヤマは共有しないし、情報やネタ元を仲間に教えることもない。余所(よそ)の班の失敗は手を叩いて喜ぶし、仲間内への捜査協力も、なるべくならばしたくない。就業後に飲むことはあっても、互いの家を行き来したり家族と交友を持つこともない。可愛(かわい)がられるのは新人のうちだけで、成長して自分のヤマを持つようになれば秘密主義になっていく。そう教えてくれたのは、その道三十年以上のベテラン刑事で、彼とは今もたまに連絡を取り合う仲だ。

「ご無沙汰しています。黄金社の真壁ですが」

ヤニで汚れた窓からビルの裏側を見下ろして言う。

——おう。どうした——

と、相手は言った。竹田(たけだ)という刑事である。

「今、少しいいですか？」

——いいよ——

相変わらずのぶっきらぼうだ。竹田は小柄で、脂ぎった長髪のおかっぱ頭で、今どき刑事役の俳優も着ないだろうというコートを引っかけ、下卑(げび)た表情で、目つきが卑(いや)しい。たった二言交わした会話で、真壁は彼の風貌をありありと思い出す。

「最近、家族間の無理心中が増えてるなんてことがありますか」

――はっ？　急になんだよ――

面倒臭そうな声を出す。路地裏で一杯やりませんかと誘って訊くべきだが、取材費が出ない案件だ。竹田を誘えば最低三軒、全て自腹は痛すぎる。真壁は声を潜めて言った。

「実は先週末にうちのパート従業員が亡くなって……無断欠勤していたので様子を見に行ったら死んでいたんです。母親と子供で、俺が第一発見者ってことで」

電話したのは、容疑を掛けられないかと心配しているからだと話した。

――心中事件なのかよ――

「ニュースでは母子心中と言ってましたが、その少し前に、別れた夫がモラハラだったという話も聞いていたんで、ホントに無理心中だったのかなと」

――殺人を疑っているってか。そのへんはすぐに調べたはずだがな――

「そうだと思うんですが、その後ニュースにもならないので不安なんです」

――警察も暇じゃねえんだ。次から次へと、やるべきことが山積みなんだよ――

そう言いつつも、どこの事件だと竹田は訊いた。

「場所は川口市の公営住宅。死亡者の名前は岡田……下の名前は知らないんですが、子供は拓海という名前です。五歳だったかな」

――おう、ちょっと……――

誰かを呼ぶ声と、調べてくれやと言うのが聞こえた。

共通データファイルを検索しているのだろう。しばらく待つと、竹田は言った。

――岡田一美三十三歳、息子は拓海、五歳、これだな……ああ、たしかに黄金社勤務と書いてあるわ――

竹田はクックと笑って言った。

――真壁さん、第一発見者にあんたの名前が載ってるよ――

「その事件です」

書類を上げるのが遅せぇんだよなと、竹田はブツクサ言いながら、

――残念ながら、あんたにとって美味しそうな話はひとつもねえよ――

そう断言した。

――亭主にはアリバイがある。母親には鬱病の通院歴も――

「本当ですか？　本当にアリバイが？」

――警察を疑ってんのか――

威嚇しながら竹田は続けた。

――事件当時は那須高原で自己啓発セミナーに参加しているよ。死亡推定時刻の午前七時半から八時半までが朝食時間で、参加者が亭主の姿を見ている。間違いねえな――

何かトリックがあるのではと思ったが、それについては黙っていた。

「彼女に通院歴があるって本当ですか」

竹田はクリニックの名前を告げた。

——医者へ行くのも中途半端でやめてるし、室内に抵抗の跡はなかったようだ。ってぃうか、あんたその目で見たんだろうが——

「見ました。だからです。たとえばですね、これから心中しようというのに、朝食の準備なんかしますかね」

最後の食事をとる行為は決して珍しいことではない、と竹田は言った。準備しても、結局食べることができないというのもよくあることだと。竹田によれば、この件は無理心中で片がついたという。

ハッキリそう言われてしまうと、岡田が心中を決意して、朝食を準備したのに子供は寝坊を続けていて、結局、食事することなく子供を殺したというのはあり得そうに思える。

「似たような事件が他にもないか知りたいんですけどねえ」

——あんたの仕事に協力する義理はないんだぜ？——

「わかっていますが、逆にこちらがネタを提供できる場合もありますよ」

——あるのかよ？——

と、竹田は訊いた。真壁は答えず黙っている。

――とぼけるなよ。ネタだよ、ネタがあるのかよ？――

「や……今すぐには、ちょっと……」

言葉を濁すと、竹田は「へっ」と鼻で嗤った。

――いいことを教えてやろう。解決済みの事件を掘り返されて、喜ぶ署員は一人もいねえ。そうでなくとも次から次へ、仕事が後を絶たねえんだからな。聞こえたか？――

「聞こえてますよ」

竹田はさらに声を潜めた。

――デカいヤマになりそうな場合のみ電話してきな、雑魚はいらねえ――

ブッ！　と音を立てる勢いで、竹田は電話を切ってしまった。

「んだよ……ちくしょう……」

誰にともなくそう言って、真壁は喫煙室を出た。子供殺しの嫌疑を掛けられたまま、反論することもできなくなった岡田が不憫に思われる。時間を調べて、

「あ、クソ」

と言いながら足を速めた。デスクに戻って、岡田が通っていたというクリニックを調べ、読まなければならない作品原稿を鞄に入れた。

「どこまでお人好しなんだ」

自分自身に吐き捨てて、真壁は会社を後にした。

生前の、しかもまだ結婚していた頃に岡田が通っていた東メンタルクリニックは、地下鉄丸ノ内線の方南町駅に近いビルの二階に入っている。同じ日の正午過ぎ。真壁は待合室の片隅に陣取って、持参した原稿を読みながら、院長が午前中の診療を終えるのを待っていた。

午後一時半。最後の患者が帰って行くと、ようやく院長が診療室を出て真壁の元へやってきた。院長は女性で五十がらみ。パサついた黒髪を額で分けて、縁なしの丸いメガネを掛けていた。院長然としたオーラはないが、話しやすい保健師のような雰囲気を持っている。

「お待たせしました。院長の東ですが、どのようなご用件でしょう」

出版社の者だと話してあるので、怪訝そうな顔をしている。

真壁は立って名刺を渡した。

「ノンフィクション部門の編集者ですか？」

院長はメガネを押し上げ、

「クライアントの個人情報については、訊かれてもお答えできませんけど」

と、釘を刺す。椅子に置いていた原稿を鞄にしまうと、真壁は院長を振り向いた。

「ええ。実は、こちらへ通院していた岡田一美さん……あ、そのときは今と名字が違ったのかな」

うっかりしたと真壁は思った。岡田に戻る前の名字については情報がない。

「参ったな……いえ、もちろん病状がどうのという話ではありません」

「一美さんですか？　いくつぐらいの」

「現在三十三歳ですが、ここへ通っていたのはもっと前です。息子さんが一人いて……実は、彼女は先日亡くなったのですが……お子さん共々」

院長はすぐさま「ああ」と頷いた。

「一美さんとはどういうご関係で」

「会社の同僚です。事件のことは？」

「存じています」

と、院長は言った。真壁は瞼（まぶた）を伏せがちにして、

「彼女と子供さんを発見したのは自分なんです」

と、苦しそうに告白した。

事件については警察から聞いているのか、院長は眉をひそめる。

「それは……ご愁傷様（しゅうしょうさま）でしたね」

まだ受付にいる職員に「お昼してきて」と院長は言って、待合室の椅子を真壁に勧め、自分も隣に腰を下ろした。誰もいなくなるのを待って訊く。

「……無理心中だったそうですね。私もとてもショックです」

「自分もです。なんといってもあれを見たわけで。それで、ずっと考えているんです。彼女の性格からしても、あんなことをしでかすだろうかと」

「穂刈(ほかり)さんがなにか？　あんなこと……と、言いますと？」

院長は小首を傾げ、指でメガネを持ち上げた。

結婚していた頃は穂刈という名字だったらしい。

「詳しい状況や死因についてはご存じないので？」

真壁が訊くと、「ええ」と言う。

「警察から事情を訊かれたのでは？」

「いえ。病歴と通院歴を訊きに来ただけで、詳しいことは……。穂刈さんも通院を途中でやめてしまったので、そのようにお伝えしましたが」

真壁は大きく頷いた。

「彼女は夫からモラハラとＤＶを受けていたんです。ここへ来られなくなったのは、警察が介入して保護したからで、本人にはどうしようもないことでした」

「まあ……」

院長は声を呑み、そして慎重に言葉を紡(つむ)いだ。

「わかります……奥様をここへ連れて来たのはご主人でしたから」

膝に置いた手の指を、確かめるように動かしている。

「どう言って連れて来たのでしょうか」

個人情報は口外できないと言いながら、院長が葛藤しているのが真壁にはわかる。

「警察も緊急性を認知していたようですが」

「そう……ええ、そうね……私も……」

「岡田さん……自分が知るのは旧姓ですが、岡田さんは子供を刺殺し、自身も刺した。子供は布団の中で、彼女は布団に覆い被さるようにして死んでいました」

追い打ちを掛けるように真壁が言うと、院長は顔を歪めて真壁を見つめた。もう一押しだ。

「岡田さんのご主人は彼女の病状についてどう言っていたんでしょうか」

院長は首を振る。

「多動症や自閉スペクトラム症だと力説していましたが、そんなことはありませんでした。原因はむしろご主人にあって、だから独りで通院するよう促したのですが、ご主人が許しませんでした。奥様に非があると、どうしても本人に思い込ませたかったようです。こちらもなんとかしたかったのですが、ご主人が全てをコントロールしていて無理でした」

真壁は、ずっと疑問に思っていたことを訊いてみた。

「一般論でいいのですが、そういうことは起きるでしょうか」

「そういうこととは？」

「彼女のような母親が、かわいい子供を刺し殺すでしょうか。いえ、無理心中を否定するわけでなく、小さい子供相手に刺殺という手段を選ぶだろうかということですが」

訊くと院長は言葉を探すように息を吸い、

「咄嗟の行動ならば、あり得ます」

と、だけ言った。

「でも、テーブルに花を飾って、食事の用意もして、ですよ」

「食事の用意？」

「部屋はきれいに片付いていたし、彼女が鬱病だったなら、気力がなくて掃除できないのではないですか？　その前々日、私の仕事を手伝ってもらったのですが、機転が利いて、きびきびと業務をこなしてくれました。不調は少しも感じなかった」

「そうなの？　妙ね」

唇を真一文字に結んで、院長は何事か考えている。

「岡田さんが消えてから、ご主人はここへ来ましたか？」

重ねて訊くと、とても大きく頷いた。

「大騒ぎして警察も呼びました。でも、一度きりです。その後のことはわかりません」

「死のうとしている人が食卓に花を飾るでしょうか」

「それも……どうとも言えないわ。本人を診ていないので」

これ以上聞き出せることはなさそうだ。真壁は頷き、それを機に院長は席を立った。

「穂刈さんのことを本にするつもりですか？」

「いえ。そうじゃなく、会社で最後に彼女と会ったのが自分だし、様子を見に行って発見したのも自分で……だから、今さらですが、なにかできることがあるんじゃないかと思ってしまうと言いますか」

そうなのだ。たぶんそれが偽らざる本心なのだろう。院長は微笑み、真壁を見上げた。

「たしかに惨い事件です。でも、あまりご自分を責めないで」

院長は、会釈して診療室へ消えていった。

鞄を持って待合室を出ようとすると、もう午後の患者が入って来た。

エレベーターを使ってビルを出て、真壁は蒲田に電話した。


新宿の裏通りにある静かなカフェで、真壁は那須高原で夫が参加していたという自己啓発セミナーについて調べてみた。こうしたセミナーには参加希望者の専用サイトがあって、日付と場所を入力すれば簡単に情報を得ることができる。恐ろしい時代になったものだ。日付と場所で検索すると、竹田刑事が言った通りに管理職向けのセミナーがホテルで開催されていた。死亡推定時刻が朝食時間と重なっていると聞いたが、食事会場は広いので、抜け出すことは可能ではないかと考えてみる。いや、無理だ。那須高原から川口市までは車を使っても片道二時間はかかる。

犯行は不可能だ。

「……そうか……くそ……」

『警察を疑ってんのか』と、頭の中で竹田の声がする。ノートパソコンを閉じてコーヒーを飲んだとき、蒲田がやって来るのが見えた。向こうが座る前に席を立つ。

「悪かったね」

伝票を持ってそう言うと、蒲田は邪気のない顔で笑った。

「ちょうど打ち合わせに出てたんで……どうしてぼくまで呼ばれたんでしょうね」

そのままレジへ直行し、二人揃ってカフェを出る。

「知らないよ。変人の考えることはわからない」

「何か大きな仕事かな？　あ、でも、企画会議を通っているなら真壁さんが知らないはずないですもんね」

大股に歩いて駅まで向かう。

「今日は庵堂さんが船橋（ふなばし）駅まで迎えに来てくれるってさ」

「へえ。ＶＩＰ待遇じゃないですか」

「忙しいのに呼ばれたんだから当然だよ。だいたいさ、普通は打ち合わせの日付とか、何度もメールでやりとりしてから決めるものだろ。どんな用事かわからないのに、編集やデザイナーを簡単に呼び出せると思っているところが気に入らない。俺たちは雨宮縁の私設応援団じゃないんだぞ」

おかげで原稿はまだ半分しか目を通せていない。駅の電光掲示板を見上げて何度も時間を確認してしまう。今夜もまた残業だ、と、真壁は覚悟を決めていた。

「でも、真壁さん。おかげで『スマイル・ハンター』の出版権をゲットできたんですよねえ？」

「あれだって、出してみなけりゃ売れるかどうかわからないしさ」

「それは雨宮先生に限りませんよね。出版は水ものだし……あ、すみません」

電話が入ったようで、蒲田は歩きながら通話をはじめた。蒲田は目の前のことしか目に入らなくなる性格なので、他人と接触しないよう時々真壁が袖（そで）を引く。プラットホームに立ったとき、ようやく蒲田は通話を終えた。

「蒲田くんも忙しそうだね」

「おかげさまで」

電車に乗り込み船橋へ向かう。縁の事務所の最寄り駅だからだ。

船橋駅についてから庵堂に電話をかけると、ロータリーへ車を回すと返事があった。縁の事務所は住宅街にひっそりとあり、今のところ場所を知るのは真壁一人と聞いている。一度だけ蒲田を連れて行ったが、そのときはタクシーを使ったので、蒲田は詳しい住所を知らない。この日、真壁らを乗せた庵堂は、知らない道を通って事務所へと向かった。ハンドルを握ったまま庵堂が言う。

「お忙しいところをすみませんでした」

彼はいつも紳士的だが、感情を見せないので何を考えているかわからない。このときも四方山話(よもやまばなし)には応じたが、岡田について話そうとすると、「そちらは雨宮と会ってから」と、そのたびにお茶を濁(にご)された。車を止めたのは住宅地の空き地で、脇にはまるで刑務所のように威圧感のある四角いコンクリートの壁が続いていた。内部が見えない奇妙な建造物は縁の事務所だ。初めてではないというのに、来るたびに違和感を感じてしまう。またもポカンと口を開け、塀を見上げている蒲田の気持ちもよくわかる。取り付く島のないこの感覚は、雨宮縁本人に似ている。

周囲は閑静な住宅地。モデルハウスのような家々が立ち並ぶ。

「周りの人は、ここをなんだと思っているんでしょうねえ？　作家の家って知ってるのかな」

真壁が訊くと、庵堂が答えた。

「もともとが研究施設ですからね。今もそう思っていることでしょう」

「え？　ここって雨宮先生が建てたんじゃ」

蒲田が訊いた。

「内部には手を入れましたが、外側は敢えてそのまま残しているので」

塀の切れ目から敷地へ入り、庵堂はセキュリティを解除して門を開けた。

「どうぞ」

真壁と蒲田を先に行かせて、再び門をロックする。

内部もやはり灰色で、あらゆる装飾を排した無機質さだ。地面に敷かれた白い玉砂利（じゃり）、その中に浮かぶ黒い飛び石、樹木一本生えていないアプローチを見るたびに、雨宮縁という人物そのものが実在するのか真壁は疑う。なにもかもが嘘くさい。嘘くさい小説世界を作家と創っている編集者の自分にもまだ、嘘くささを恐れる気持ちがあるようだ。

この日二人が通されたのは立体プロジェクターを完備した仕事部屋ではなく、一階の玄関脇にある応接室だった。殺風景な建物は内部に坪庭（つぼにわ）があり、浅い水場に棒のような植物の一群が植えられていた。それが葉のない奇妙なかたちだとしても、緑を見るとホッとする。

「変な植物がありますね。なんですか？」

撮影したそうに蒲田が訊いた。ここが撮影ＮＧであることはすでに真壁が伝えているが、ハッとする光景に出会うとつい撮りたくなるらしい。

「トクサです。手もかかりませんし、竹穂垣みたいできれいですよね」

四角いテーブルに四角いソファ、白と黒で統一された部屋である。四人掛けの長いソファを二人に勧めて、庵堂はインターフォンで縁を呼んだ。

「お茶をお持ちしますけど、お二人は何がいいですか？」

「ぼくはなんでも」と、蒲田が答え、「私も」と、真壁も倣った。

庵堂は微笑み、どこかへ消えた。

トクサの水場は巨大なフィックス窓の向こう側にある。地盤面に高低差を持たせることで上手く隠してはいるが、水場の奥は無機質な灰色の壁だ。さすがのセキュリティも昆虫は阻止できないらしく、シオカラトンボが水面近くでホバリングしている。

「ここへ来るのは二度目ですけど、なんか、妙に緊張しますね」

体は正面を向いたまま、上体をかしげて蒲田が囁く。

「俺もだよ」

と、真壁は言った。

「あの先生に呼び出されるとか……厭な予感しかないんだよな」

庵堂がお茶を運んで来るより早く扉が開いて、ブカブカのセーターを着た女子高生がやって来た。制服を着ていなくても十代に見えるのは、透明感のある肌とペッタンコの胸のせいかもしれない。

「うわ先生……またそれですか」

真壁は思わず顔をしかめた。新作のキャラをゴリ押しするつもりなのかと疑って、

「片桐愛衣でしたっけ？」

そう言ってから、ん？　と、思った。

「まてよ」

真壁は俯き、足下に置いたカバンをかき回す。縁は向かいの席に腰を掛け、

「蒲田さんまで呼び出しちゃってごめんなさい」

と、萌(も)え袖を合わせて蒲田を拝(おが)んだ。

「いえ……」

蒲田の笑みも引き攣(つ)っている。

帝王アカデミーの取材ノートを引っ張り出して、真壁は眉間に縦皺を刻んだ。

一家四人殺傷事件の犠牲となった創始者の名前は片桐寛。妻は愛子(あいこ)。後に彼らの墓を訪ねて墓碑銘に刻まれた名前を調べたところ、闘病虚(むな)しく一年後に死亡した長男は涼真(りょうま)で、事件直後に死亡した次女が愛衣だった。

まさしく片桐愛衣なのだ。真壁は縁に目をやった。

これはただの偶然であり、縁が事件にちなんだ名前をわざわざ選んだとも思えなかった

が、もしも次女が生きていたなら、現在は二十一歳くらいだと考える。十代後半から二十代前半の女性なら、制服を着るだけで女子高生に化けられる、とも。

自分を見つめている真壁に気がつくと、縁は高校生らしからぬ顔でニヤリと笑った。

「あたしの顔に何かついてる?」

真壁は不機嫌な顔でノートを閉じた。

「会うたび別の人格になるのは、混乱するのでやめてもらいたくなってきました。東四郎と文佳とキサラギ程度ならまだ我慢できましたけど、これ以上キャラが増えると、さすがの俺でもきついです」

そこへ庵堂がお茶を運んで来た。真壁と蒲田の前には紅茶を、自分にはコーヒーを、縁にはリンゴジュースのグラスを置いた。

「だよね、ごめんね」

萌え袖でソファを押して掛け直し、縁はグラスを取ってジュースを飲んだ。

「真壁さんたちもどうぞ、冷めないうちに」

誰ともつかぬ声でそう言うと、縁はチラリと庵堂の顔色を窺った。

庵堂は向かい合う真壁や縁とは別に、一人掛けのソファに腰を下ろした。

「真壁さんに送った写真だけどさ」

今度はキャラのわからない口調で縁は言った。

「庵堂。あれを」

庵堂は魔法のように書類を出すと、それを真壁に手渡した。

「ショッキングな写真が入っているから、そのつもりで」

そう言う縁からは、もはや女子高生の初々(ういうい)しさも、かわいらしさも消え失(う)せている。真壁に向ける眼差しは鋭く、瞳(ひとみ)の奥に冴(さ)え冴(ざ)えと冷気が宿る。真壁は書類を膝に置き、蒲田にも見えるようにして広げた。

「わ」

と、蒲田が悲鳴を上げる。メールで送られて来たのは画素数の粗いデータだったが、こちらは生の写真がついた捜査資料と思(おぼ)しきものだ。千切れた夫の首が木の根元に転がる写真や、銀のテープで口を塞(ふさ)がれ、椅子に縛られたまま血まみれで死んでいる母親と子供。別の家族の事件現場と思しき写真もある。ゴミ箱の中を写したもの、部屋の様子、玄関に揃えた靴やテーブルの花、血しぶきが飛んだ壁、床に残されたスリッパの跡など、生々しさに胸が悪くなる。

「なんなんですか」

と、蒲田が訊いた。真壁も同じことを訊ねたかった。

「同様の事件は十年前がおそらく初犯で、岡田さんの事件を含め、わかっているだけでも四件発生しているんだよ。疑わしい案件はもっとあるけど、検証できそうなモノだけで四件だ。それが――」

縁は夫の首が転がっている写真を指した。

「――恐らく最初の事件。発見は妻と子供が先で、姿をくらました夫を警察が追っていたところ、ずいぶん時間が経ってから夫の死体が発見された。それがこの車の写真。首にロープを掛けてアクセルを踏む。衝撃で首が飛ぶ……発見が遅れたために遺体の損傷が激しくて、死亡推定日時は割り出せず、被疑者死亡の無理心中事件で解決した」

「妻と子供二人を殺害後に夫も自殺。提出書類はそうなっています」

庵堂が補足した。縁が続ける。

「書類を精査していくと、憶測に推測を重ねているとわかる。たとえば事件当夜、この家族は四人揃って家に帰って来たと、近所の人が証言しているんだよ」

真壁はその部分に目を通す。

「辻褄(つじつま)が合っているように思いますがね」

「近所の人が家族を見たのは妻が契約していた家で、母子は越して来たばかり。近所の人は家族のことを、まだよく知らない状態だったんだよ。だから事件当夜は、母親と二人の子供、父親らしき男の四人が帰って来るのを見たというのが正しい」

「別の住人の話によれば、引っ越しの挨拶に来たのは母親と子供だけで、父親はいなかったそうです。近隣住民が父親の顔を知らなかった可能性があるのです」

「え、どういう意味ですか――」

と、蒲田が訊いた。

「――母親に浮気相手がいたとかですか？」

「浮気相手ねぇ」

縁は嗤い、「別の写真を見て」と言った。

和室で死亡している家族の写真だ。椅子はなく、縛られてもいないので、遺体は円卓の周囲に散らばっている。男の子がひとり円卓に突っ伏して、敷かれた座布団に赤ん坊が横たわり、母親は円卓に背を向けるかたちで倒れている。口にテープは貼られておらず、それぞれの死因は胸をひと突きされたことによる失血死だが、母親の顔には殴られたような跡もあり、抵抗したためか手にも刃物の傷がある。円卓には花が飾られ、食事が用意されている。刺身の盛り合わせ、重箱に入った赤飯、取り皿と小鉢が三人分、まだ食事ができない赤ん坊の分はないはずなので、もう一人誰かいたことになる。真壁は背筋がゾーッとしてきた。

「遺体の発見者は母親の兄で、母親は酒癖が悪かった夫と一年前に離婚が成立していたらしい。もと夫は指名手配されるも身柄は拘束されていない」

「その事件が起きたのは七年前ですが、今年の夏、水位の下がった貯水池から車と遺体が見つかって、車体番号などから遺体は夫と思われています」

「家族を殺害後、車ごと貯水池へ飛び込んだってことですか」

真壁が訊くと、

「警察はそう考えている」

と、縁は言った。

「すでに解決した事件について、警察は情報を共有しない。新しい疑惑が出れば別だけど」

「もう一件は三年前に品川区で起きています。区が斡旋(あっせん)した空き家住宅の賃借人一家が死亡した事件ですが、詳しいことは報道されずに終わった。当初はただの火災事故と思われていたからです。亡くなったのは四十代の母親と障がいを持つ十代の娘で、やはり無理心中で解決しました。娘の遺体に刺し傷があり、母親は自分の胸を刺した上に灯油をかぶっていたそうで」

真壁は火災現場の写真を見た。遺体もあるが、燃え落ちた家の瓦礫(がれき)と見分けがつかない。この現状から、縁がなぜ同様の事件と考えたのか、真壁にはさっぱりわからない。一方、真壁は頭の中で、岡田が不思議な話として語った『パパ』のことを思い出していた。

「これも父親、もしくは父親らしき人物が犯人だったと思うんですか?」

「むしろ岡田さんのケースに近いと思う。実行犯が父親ではなく、母親だったという点で」

縁はストローでジュースを啜る。セーターの袖からはみ出た指は白くて華奢だ。

「先生はどうやって捜査資料を手に入れたんですか」

蒲田が無邪気に訊ねると、縁は少し微笑んだ。

「企業秘密」

と、だけ答える。話の筋が逸れないように、真壁が会話を戻しにかかる。

「殺人……まあ、無理心中も殺人ですけど、一応ね、その筋に確認してみたら、岡田さんの夫にはアリバイがあったそうですよ。殺害時刻には那須高原で自己啓発セミナーが行われたホテルで朝食を食べていたようで、そこから現場まで二時間以上かかりますから、どうしたって犯行は無理なんですよ」

「夫が犯人とは言ってない」

縁は真壁に首を傾げた。

「違うんですか？　だって……俺はてっきり」

「モラハラ夫が殺したと？」

「普通はそう思うでしょ」

「え、連続殺人って言いたいんですか？　でも、十年前から四件もなんて無理ですよ。雨宮先生が何を考えているかわからないけど、これって、似てはいるけど別々の事件ってことですよね？　え？　それともあれですか？　何年かごとに繰り返されるオカルト事件だと思っていますか？」

蒲田は真面目に訊いてくる。そうじゃなく、と、真壁は思う。無駄に付き合いが長いから、縁の考えていることくらいはわかるのだ。

「じゃあ、なんです？　今回も、連続殺人事件だと思っているわけですか」

返事の代わりに縁はニッコリ微笑んだ。女子高生の顔で、天使のように。

真壁と蒲田は顔を見合わせる。

「雨宮先生。前も言いましたけど、俺たちは編集者とデザイナーですよ」

「知ってる」

「あれ、でも真壁さん。たとえばですよ？　交換殺人とかならどうですか」

蒲田が無駄に乗り気になるので、真壁は当てこすりのようなため息を吐いた。

「常識に照らしてありえないだろ？　同時期に起きたとかならともかく、十年の間に四件か、それ以上って、どんだけ気の長い犯人なんだよ」

「……ぼく的にいい考えだと思ったんだけどな」

「蒲田くんにミステリー作家はむりだな」

テーブルに身を乗り出して、縁は二人の瞳を覗き込む。

「真壁さんたちってさ、帝王アカデミーを調べているよね？　ずいぶん前から」

すると蒲田があっけらかんと、こう訊いた。

「なんで知っているんです？　あ、そういえば」

人差し指を真壁に向けて、膝を叩いた。

「帝王アカデミーの社長のお葬式に行ったとき、雨宮先生みたいな人が来てましたよね？　喪主の月岡玲奈のそばまで行って、ぼくたちのほうを見ながらイチャモンを……」

「イチャモンね」

と、縁が笑う。

「雨宮みたいな人は、どんなイチャモンをつけてたの？」

「ええと、たしか……ネエサン　オメデトウ　マタ　ツミヲ　オカシタンダネ……でしたっけ？」

真壁は右手で額を覆った。

「正解。あなたは目がいいね。勘もいい」

女子高生の顔に狡猾な笑みを浮かべて縁は頷く。

「あれがぼくだと、どうして気付いた？　歩き方かな、やっぱり」

「本当に先生だったんですか」

真壁も膝を乗り出した。

「確かに歩き方も気になったけど、一番はオーラです。ね？　真壁さん」

「そりゃね、参列者があれだけひしめいているっていうのに、完無視でズケズケ前に行ったら目立ちますよ。え、それともあれですか、俺たちがあそこにいるのを知ってたんですか」

縁は答えず、庵堂を見た。庵堂は無表情だが、口を挟むつもりはないと態度で語る。

「真壁さん。ぼくが黄金社の文学賞に応募したのはあなたがいたからだ、と言ったらどうする？」

真壁は思わず眉をひそめた。

「意味がわかりませんね。編集者としての俺と仕事をしたいと思ってくれたってことですか？　違うだろうな。俺はそんなに露出しないし、ＳＮＳもやってませんしね」

「そうじゃなく、あなたが帝王アカデミーを追っていたから」

縁は薄い笑いを張り付けて、

「ずいぶん前から追ってるでしょう？　例の事件を」

と、付け足した。

真壁はまたも蒲田を見た。例の事件については葬式に行ったとき蒲田にも話したが、今のところはライフワークとしてやっているだけだ。いつか出版できればいいなという淡い希望を胸に抱いて。

「……確かに追ってますけど、本になる見込みはないですよ。俺も半分意地になって自腹で追いかけているってだけで」

「見込みがないんじゃなくって、本にできないんでしょ？　アカデミーから横やりが入るから」

　全て知っているんだぞという顔をする。

「申し訳ないけど、真壁さんのことは調べさせてもらったんだよ。ミステリーで受賞して、しかも受賞者が面倒くさい人物だったら、担当に手を挙げる物好きはあなたしかいない。思った通り、ぼくとあなたは相棒になり、それからずっと、真壁さんがどんな人か、信用のおける相手なのか観察していた」

　真壁はますますゾッとした。

「厭だな……気持ちの悪いことを言わないでくださいよ」

　まさか紅茶に毒でも仕込まれていないだろうな。そう考え始めると、今日に限って庵堂が駅まで迎えに来たことも、縁に突然呼び出されて打ち合わせの予定を会社が知らないことも不気味に思えた。ここで二人が死んだとしても、誰がそれに気付くだろうか。

　そんな真壁の気持ちを知ってか知らずか、縁の口は三日月のようだ。

「別に取って喰おうってわけじゃないけど、片桐家の墓所まで探りに来るのが悪いんだよ」

「え、じゃ……『スマイル・ハンター』の主人公を片桐愛衣にする案は」

　真壁は訊ねる。

「わざとだよ」

　歯を見せることなく縁は微笑む。

「すぐ気付くかと思ったのに、案外鈍いね」

「なんですか？　え、なに」

　隣で蒲田はうろたえながら、

「雨宮先生……あなたは何者なんですか？」

　蒲田らしくストレートに訊く。真壁は取材ノートをギュッと摑んだ。

「重症を負った子供二人のうちのどちらか……とか……まさかね」

　縁は一瞬目を瞑り、ゆっくり開いて静かに言った。

「二人は死んだ。涼真も愛衣も……あの夜に」

「じゃ、関係者ですか？　親族とか……誰の？　夫の？　妻の？」

「この話の要点は、あなたの取材に協力したくて、ぼくがあなたに近づいたということ。とにかく」

　縁は真壁の瞳を覗き、そして蒲田に目を移す。

「あなたたちは何も知らずに、とても危険な真似をした……ぼくらはあなたたちを守ってきたけど、まさか葬式に行くなんて。二人が無謀なことをしたせいで、こうして話さなければならなくなった。そうでなければ、ぼくと二人は切り離したままにしておけたのに残念だ。葬式では向こうも参列者を記録していたから、真壁さんが取材を諦めていないと知られてしまった。ぼくが騒ぎを起こさなかったら、どうなっていたと思うの」

「え……ちょっと、やめてください、なんなんですか」

「騒ぎに乗じて私が帝王アカデミーの防犯カメラ映像を一部ハッキングしたんですよ。蒲田さんが盗撮しているのがバッチリ映っていましたからね。彼らが映像を確認する前にその部分を消去して、不自然にならないように細工したというわけです」

　静かな声で庵堂が言う。真壁は目だけで周囲を探った。

「これは新手のドッキリですか？　小説のための人間観察とかじゃないんでしょうね」

「違うよ……あのね、真壁さん」

　縁は俯き、膝の間で指を組む。

「あなたが敵に回したのは恐ろしい組織なんだよ。雨宮縁が憑依作家なのは素性を知られたくないからだ。生きている限り人間は痕跡を残すから、いっそ変幻自在なら、数に紛れることも可能でしょ？　はっきり言うよ、ぼくらも帝王アカデミーを追っている。十年以上も前からね」

「ちょ……ええ……」

　真壁はうろたえ、毒入りを疑った紅茶をガブガブ飲んでから訊いた。

「もしかして、アカデミーは俺を監視してるんですか？」

「いや。そんな非生産的なことはしないんだ。付け狙うと労力が甚大で現実的ではないし、なにより足が付きやすい。奴らは犯罪を立証する機会を与えたりしないよ」

「じゃあ……？」

縁は猫のように眼を細めた。

「もっと、ずっと狡猾なんだ。たとえばだけど、真壁さんがよく知る人物や、親しい人……そういう人間を動かすんだよ。信頼していた人物が、ある日、理解できない理由であなたを襲う。もちろんアカデミーの関与は立証できない。犯行は期限内に実行する必要がなく、失敗しても問題ない。信頼関係が崩れて、あなたは誰も信用できなくなるからね。もちろん成功することもある……だから怖い。陰湿で、残酷で、唾棄すべき犯罪なんだよ」

続いて蒲田も紅茶を飲み干すと、縁は薄く笑った。

「真壁さんは片桐家の殺傷事件を『面白い』と思ったようだけど、もっと面白いネタがある。聞きたい？　ネタと、ぼくらの計画を」

厭な感じに首を傾げる。見た目が小娘なので馬鹿にされているように感じて、真壁は思わずネクタイをゆるめた。

「それを聞いたら最後、もう後戻りできなくなるとか、そういう話じゃないんでしょうね？」

「後戻り……ふっ」

　鼻で嗤われた。

「充分深入りしたでしょう。真壁さんが真実をすっぱ抜くのが先か、向こうが二人を消すのが先か、すでにそういうところへ来ているというのに」

「二人って、え……ぼくもですか？　なんで」

　蒲田が泣き声を出す。人差し指の先で、縁は無理心中事件の書類を叩いた。

「ぼくや庵堂が守らなかったら、二人もすでに調書に載っていたかもしれないんだよ。取材中の事故。通勤中の飛び込み。泥酔して陸橋から転落。車ごとダムに落ちて行方不明……とかね」

　それから縁は背筋を伸ばし、ソファの背もたれに体を預けて足を組んだ。天井を見上げて目を瞑り、深呼吸してから薄目を開けて、真壁を見つめた。

「『スマイル・ハンター』はノンフィクションを題材にしたフィクションで、徹底的な娯楽小説に仕上げるけれど、主人公を片桐愛衣にすると、リアルでゾッとする人物がいる。スマイル・ハンター事件では、帝王アカデミーの広告関係を一手に引き受けていた会社の人が犯人だったろ？」

　何かとても重要なことを言われた気がした。ノンフィクション部門の編集者としての勘が冴え、真壁は思わず唾を吞む。

「片桐愛衣の名前を使うことが重要なんですね」

「名前に反応する者がいる。それを書くのは謎の作家で、出版社は黄金社。黄金社にはアナタがいる」

縁はニヤリと笑った。

「作品がヒットすると、読者が事件を知ることになる。公にならなかった真相をね。ぼくは虚実入り交じったギリギリのラインを突いて書く」

なんとなく、わかってきた。

「俺があそこを調べていたから白羽の矢を立てたんですね」

「むしろ敬意を表したんだよ。真壁さんには編集者として、謎の作家の本を出して欲しかったんだ」

「実際の事件を調べ、それをフィクションとして発表するというのは、戦略としてはすごく面白いですけどねえ」

ただし、そこに自分の命が懸かっていたなど思いも寄らぬことだった。雨宮縁と知り合うことがなかったら、今頃俺は死んでいたかもしれないのか……。冷静に考えようとすればするほど、真壁は怒りを感じ始めた。それはノンフィクション本の編集者への挑戦か、埋もれた真実に光を当てようと戦う者への宣戦布告か。必要な本だから、売れなくとも作るんだ。真壁は編集者としてのプライドを改めて自分に問われたように思った。

「で？　先生は誰にメッセージを送ろうとしているんです？」

「片桐一家殺傷事件の真犯人」

編集者の血が沸き立って、俺もそれを疑っていたんだ、と心で叫ぶ。陰謀の臭いを感じ取ったからこそ、俺は取材を始めたのだ。

「留置場で死んだのは実行犯で、真犯人が他にいるんですね」

もはや前のめりになって訊く。縁は複雑な顔をした。

「単純なことをやろうとしているわけじゃないんだ」

「慎重に真相を暴く必要があるんです——」

庵堂が脇から言った。

「——帝王アカデミー自体が悪ではないのです。高度な医療技術と、それを活用できうる施設、有能な人材を輩出している企業です。けれど、裏の顔がある」

「洗脳実験ね」

組んでいた脚を解き、姿勢を正して縁は言った。

「ぼくはこう思っている。スマイル・ハンター事件の犯人、そして今回の無理心中事件の真犯人。そいつらを影で操ったのがアカデミーの『洗脳実験』だって」

もはや真壁の想像力の限界を超え、再び小説のプロットについて話し合っているような気がした。

「なんですか、洗脳実験って？」

こういうとき、素直な蒲田に救われる。蒲田は真剣な顔をして、戦闘ヒーローになったかのように瞳を輝かせている。

「殺人事件の約半数が家族間で起きるといわれているのに、そのうち四件をピックアップしたのには理由があります。実際はもっと多かったとしても、今はこの四件にスポットを当てますが――」

脇で庵堂が説明を始めた。

「――スマイル・ハンター事件の犯人は、仕事でアカデミーとつながりがあっただけでなく、系列医院の患者でもありました。同じように四件の無理心中事件でも、被害者の誰かが帝王アカデミーのグループセラピーに参加していた。岡田一美さんの場合はご主人が、前三件の事件ではそれぞれご主人や奥さんが」

「じゃ……やっぱり交換殺人の線もあるんじゃ」

庵堂は指を立てて蒲田を黙らせた。

「雨宮は同一犯を疑っているようです」

「理由はひとつ」

と、縁は言った。

「『パパ』だよ」

手を伸ばして書類を取ると、現場写真を四枚並べる。うち一枚は火災現場で、詳細はわからない。岡田の部屋の写真については、警察ではなく庵堂が撮影したものだ。

「おかしいでしょう？　こうしてみると」

質問は蒲田に向けられた。人差し指の背で鼻の下をこすりながら、蒲田はじっと写真に見入り、「食事ですか……？」と、つぶやいた。

「あと花かなあ……種類は違うけど、必ず赤いバラが入ってる」

「ほんとうか？」

と、真壁は訊いた。食卓の花には気付いたが、赤いバラまで気にしなかった。見れば蒲田の言うとおり、どの食卓にもバラがある。ビロードのような深紅のバラだ。

「そう。そしてどの現場も最初に子供が刺されているんだ」

静かな声で縁が言った。

「母親をコントロールするためだよ。子供を守るためならば、母親はなんだってするだろう？」

「……どういう意味です」

ゾッとすることばかり聞かされて、真壁は蒲田と一緒に縁の作品世界に取り込まれているんじゃないかと思った。そうであるならありがたい。これが現実とは思いたくない。縁は細い指で次々に写真を指し示す。

「この家では赤ん坊が最初に死んだ。動けないからね。もしかすると泣き声を上げたのかもしれない。次が子供で、立ち上がった母親が最後だ。円卓に背中を向けているから、逃げようとして襲われたんだね……こっちの家族は縛られている。最初の犯行だから被害者をコントロールする技術がなくて、椅子に縛り付けたんだ。首が千切れて死んだ父親は、家族より先に拉致されていたか、自死に見せかけてすでに殺されていたのかもしれない。先ず父親を拘束しておかないと、犯行中に家へ踏み込まれたら厄介だ。最初の事件は犯行だけで精一杯だったはずだから、いろいろずさんで衝動的だ……岡田さんのケースは」

縁はそこで言葉を切ると、「本当に残念だ」と、ため息を吐き、

「岡田さんの現場には、彼女が戦った気配が見える。犯人をやり過ごそうと頑張ったんだね」

「なぜわかるんです、防御創があったからですか？」

「休むと会社に電話してきたんだよね。ポストにチラシがあったから、その日岡田さんは部屋を出ることができなかったし、電話もたぶん犯人がさせたと思うけど、もしかしたら通話に彼女のSOSが隠されていたのかも……でも、普通は気づけないよね」

「つまり……なんです？　彼女が会社へ電話したとき、犯人がそばにいたと言うんですか」

「そう思う。少なくともその日を含め、殺害時までは犯人と一緒だったはずなんだ。フラ

イドチキンが捨ててあったし、卵の殻も六つだったから」

「この前も同じことを言ってましたが、チキンが捨ててあったらどうなんです」

「子供はともかく、岡田さんは恐怖で食べ物が喉を通らなかったんじゃないのかな。犯人は彼女に食べることを強要し、上手くいかずに怒ったんだよ」

「食べないと、どうして怒るんです？」

理由がわかるかと蒲田を見たが、蒲田は無言で首を振る。

「こっちを見てよ」

縁が指したのはリビングにあるゴミ箱の写真だ。オモチャのパッケージが捨ててある。シャボン玉に銀ダマ鉄砲、モンスターボール、光る剣、夜店でよく見るチープな品だ。

「あと、この写真も」

過去の事件現場にもオモチャのパッケージが写り込んでいる。

「警察は、死んだ父親がこれらを買ったと思ったようだ」

唐突に、真壁は気付いた。

「そうか……『パパ』か」

つぶやくと、やっとわかったねという顔で、縁は深く頷いた。

「だから、だったんですね？　先生がすぐに岡田さんの家へ行くべきだと言ったのは。まさかあのとき、事件を予測してたんですか？」

「何もなければそれに越したことはないと思ったけれど、不安を感じていたのは確かだ。懸命に生きようとしているシングルマザーは無断欠勤なんてしないと思うし、あと、どの家族も犯人は先ず子供に取り入ったはずだと考えていたからね。大人は恐怖で縛れるけれど、それを子供にするのは無理だ。貢ぎ物を携えて、無害で優しい顔をして、時間をかけて取り入らないと」

「どうして子供に？　この犯人は何を考えているんだろう」

蒲田が訊いた。

「これはまだぼくの推理に過ぎないけれど、犯人が何を欲して犯行に及ぶか考えてみると」

そして縁は、またもゴミ箱の写真を指した。

「どの家族も食事の準備がされている。テーブルに花を飾って、子供にお土産。つまり被害者は『日常』の中で殺されている。見ず知らずの犯人に監禁されていたとして、母親たちはテーブルをセットして食事の用意をするだろうか」

「そりゃ、そうですよ――」

と、真壁は腕組みをする。

「――だからこそ犯人は父親、もしくは母親ってことになるのでは？」

「警察もそう考える。では、この四件の無理心中事件の符合はなに？　無理心中ではなかったとするなら、見えてくるのはなんだろう？」

蒲田が身を乗り出して写真を見つめる。真壁もまたゴミ箱の写真を見て言った。

「岡田さんの家の冷蔵庫、先生は開けて見てましたよね」

「食材は豊富にあった。卵入れに卵がひとつ、パックごとの卵が一ケース、子供用のヨーグルト、納豆に豚肉、キャベツ、ニンジン、ウインナー、少量パックの鶏肉、チーズ、使いかけのカレールー……ルー以外は手つかずのままだったから、買ってきたばかりだと思う」

「食材を買い込んできたのにフライドチキンも買うのはおかしいってことですか？」

「フライドチキンは食べかけで、亡くなった日の朝食までの丸一日に食べた食事の跡がないのは妙だと思わない？」

「そうか……なるほど」

「料理はしなかったってことなのかなあ。それとも」

と、蒲田が首を傾げている。

「なか一日分の食事に関しては、パッケージを含め、犯人が持ち去ったのではと考えています」

庵堂が脇から言った。

「どうして……なんのために？」

「殺人と悟られないために、だよ」

その意味がわかるかという顔で、縁は真壁と蒲田を見つめる。

「ぼくはこう考える。犯人は、『家族ごっこ』をしたいんだ」

「へ」

蒲田が間の抜けた声を出す。けれど真壁は、

——私、どちらかというと不思議な話が好きなんですよ——

岡田の笑顔と、あのときの会話を懸命に思い出そうとしていた。

——雨宮先生の作風はちょっと斜めの視線ですよね？　そこが面白いなあって……そういえば、私にもちょっと不思議なことが起きていて……興味あります？——

「『パパ』って……そういうことだったのかよ」

真壁は額に手を置いた。

「なんです？」

と、蒲田が訊ねる。つい最近、蒲田は〝他人の笑顔を狩る〟イカレ野郎と遭遇している。そいつがスマイル・ハンターだ。それが今度は『パパ』だって？

「亭主不在の家族に近づいて、その家の『パパ』に成り代わろうとしていたと？」

「真壁さん、頭がいいね」

雨宮縁に褒められた。が、なぜかまったく嬉しくない。

「犯人の目的は家族と家庭だ。ゼロから家庭を作るのではなく、すでにある家族を奪う夢を見ている。従順で優しい妻に、かわいい子供。温かくて幸せな家庭が欲しいんだよ。だから手土産を買って家に行く。手に入らなければ殺して捨てる」

「そしてまた次の夢を見るんです」

蒲田はポカンと口を開け、真壁は混乱して鼻の下を掻いた。庵堂が補足する。

「そんなこと普通は考えないと思っていますか。けれど、蒲田さんの〝普通〟と、真壁さんの〝普通〟は同じであると言い切れますか」

「……そう訊かれると……確かに、まあ、そうですが……」

真壁が言うと、蒲田も大いに同意した。

「雨宮先生を前に〝普通〟の話なんかできないですもんね」

「人は心に他人と違う欲望を持つ。決して他人には明かさないだけで、誰でも持っているのかもしれない。帝王アカデミーのある部門は、それを研究しているんだよ。欲望を解き放ち、行動を観察するんだ。主観だけど、今回の事件も疑わしい。病根を持つ猟奇的殺人者とは少し違って、ぼくらが追う犯人は普通の人だ。他人に言えない妄想を持つだけの、普通の人。それが悪質なハンターに変えられる。選ばれるのは冷静で頭がよく、自分を制御する術を学べる人たちだ。今回の事件も、犯行期間が空いているのは準備に時間を要するからで、制御できているとわかる。ターゲットを見つけ、候補を絞り、犯行を起こしやすい環境になるのを待つか、整える。安全だと確信するまで行動に移さない。取りやめることすらあると思う」

「犯行準備っていいますけどね、どうやって」

「個人情報秘匿の現代でも、一人親世帯の情報は比較的容易に得られます。支援を必要とするときはその旨の書類を出すからですね。犯人が福祉関係の仕事に就いているとか、役所に勤めているとかすれば」

庵堂に冷静な口調で言われると、確かにそうだと思えてくる。

「……やっぱり『パパ』が怪しかったたってことなのか」

「それ系の相談窓口に出向いた時点で、犯人がすでに子供と接触していたとも考えられます。子供にとって母親が親しげにしている大人は『知らない人』でも『悪い人』でもないですからね」

「そう考えて過去の事件を見ると、どれも品川区周辺で起きているんだ。岡田さんはもともと、どこに住んでいたんだろう」

真壁はハッとした。

「そういえば、離婚するまで品川にいたと言ってましたね」

「家庭を丸ごと奪うなんて、発想が異常じゃないですか」

蒲田が言った。

「そうだろうか。家庭は人がもっとも安心できる場所なのに、資産があっても、知性があっても、手に入るとは限らない。その価値を知れば、自分好みの『巣(ネスト)』を探し、奪いたいという犯人の気持ちはわかるだろ？　〝普通〟は、それができるとも、やろうとも考えないだけで」

「そうかぁ……他人の笑顔を奪うって発想も異常だったけど、実際に起きた事件ですしねえ」

蒲田は考え込んでしまった。

「被害者全員が夫婦間のトラブルを抱えていて、無理心中や、夫によるストーカー殺人が不自然ではない状況だった。さらに、どの母子も転居したばかりで近所に親しい住人がいなかった」

「母親のタイプにも特徴があります」

庵堂は被害者たちの生前写真をテーブルに並べた。子供たちは年齢も性別も様々ながら、母親たちは一様に化粧っ気がなく、生活に疲れた髪型、一重(ひとえ)の目、小さな口、華奢な体格をしている。自信のなさと儚(はかな)さを湛(たた)えた様は岡田も同じだ。

「どことなく薄幸な雰囲気が、犯人の好みなんだろう」

「うわー……まじかー……ホントに本当の殺人なのかー」

蒲田はしみじみつぶやいた。スマイル・ハンター事件を思い出し、瞳に怒りが燃えている。

「酷(ひど)すぎますよね。だって、これって一家皆殺しってことじゃないですか。しかも十年にわたって四件か、それ以上も」

「完全にいかれてやがるなあ」

「連続殺人は大衆の興味を惹くから報道されるし、警察も躍起になって犯人を追うし、犯人も殺人衝動が抑えられずに間断なく事件を起こす。でも、ぼくらが追っているタイプは違う。響鬼文佳じゃないけれど、まだ誰も気がついていない事件、文字通りのサイレントキラーだ。ぼくらの目的は、暴いた事件を小説として発表し、黒幕をジワジワと追い詰めていくことだ」

涼しい顔でそう言う縁を、真壁は何度も見てしまう。

「それで俺が必要だったんですね」

「うん、そう。ごめん」と、縁は笑う。

「証拠がなければ警察は動いてくれないし、よしんば事件になったとしても、捕まるのは実行犯だけで、黒幕までは辿り着かない。洗脳実験はハンターを生み出している。歪んだ欲望を炙(あぶ)り出し、増幅させて、操って、他人の幸福を狩らせているんだ。だからぼくもハンターになる。ハンターを狩るハンターに」

「先生とアカデミーの間には、いったい何があったんですか」

「それは言えない。でもぼくは岡田さんを殺した犯人を狩らなくちゃ。彼女はぼくのファンなんだから」

「怖くて厭だから協力はできないと、俺が言ったらどうします？」

山影に沈む太陽を見るような目をして縁は答える。

「二人に秘密を明かしてしまったから、『雨宮縁』を葬って、ぼくと庵堂はこのまま消える」

「え、ちょっと」

思いがけない返答に、真壁はうろたえた。

「本気だよ。敵は手強く、恐ろしい。すぐに決着はつけられないし、今はまだ切り札もない。出版はいいアイデアだと思ったけれど、ダメならまたやり直す」

「また新人賞に応募して、ですか？　他の出版社で」

「そうじゃない。作家以外の手を考える」

真壁はただ首を振る。脇から蒲田がこう訊いた。

「『スマイル・ハンター』も書かないんですか？　ていうか、小説って書くのに時間かかりますよね？　犯罪を暴いて、書籍にしてって……けっこう時間がかかるんじゃ」

「多作で速筆なのはそのためだ。岡田さん事件の真相がわかれば、そっちを先に書くつもりだった。今回のは関係者がみな死んでいて、作品を読んでも傷つく人がいないから。真壁さんが企画を通してくれるなら、原稿のアップに三週間、出版までに三ヶ月。ゲラ進行の空き時間にも別作品を書けるから、一年で七件程度を暴露できる計算になる。ハンターシリーズが話題になれば、奴らは平常心でいられない。読んだら『おや？』と思う人がいるし、必ずボロが出るはずだ」

「だって、他のシリーズは？」

「完結させる」

真壁は黙し、再び写真に目をやった。

――私もね、作家になろうかなって、夢は持っているんです――

笑顔で語った岡田はもういない。子供の布団にうつぶした惨い姿を思い出す。彼女に何が書けるのか、そもそも何か書けるのか、彼女が作家になりたい夢など、まともに受け止めなかった自分だけれど、まさか、こんなかたちで、彼女自身が雨宮作品のヒロインになる日が来ようとは。岡田が知ったらどう言うだろう。わかっている。どんな手段を講じても、恨みを晴らして欲しいと言うはずだ。私は生きるために戦い始めたばかりだったと。

こんなふうに終わらせられて悔しいと。

「わかりました」と、真壁は言った。

「やりましょう」

蒲田も無言で頷いている。

ずっと妙な本ばかり作ってきたわけが、唐突に真壁は腑に落ちた。五十の声を聞くようになり、この仕事で自分は何を残せたのかと、来し方と行く末を考えていた。ノンフィクションから生まれるフィクションが、人の闇と犯罪を裏から暴き出す。全てがこのためだったなら、この仕事は俺にしかできないはずだ。いいだろう、虚構と現実が渾然一体となった物語を世に送り出してやろうじゃないかと。

「そうですね……やりましょう。それで？　具体的な作戦は？」

再度自分に言い聞かせ、縁らの反応を窺ったとき、女子高生の仮面をかぶった雨宮縁に一瞬だけ、知らない誰かが過った気がした。

第五章　ネスト・ハンター

　真壁と蒲田が覚悟を決めると、応接室が臨時作戦会議室になった。

　庵堂は四台のノートパソコンを持ってきてテーブルに並べ、同じフォルダの同じ写真を同時に閲覧(えつらん)できるようにした。プリントアウトされた写真の他に、さらに核心に触れるデータが保存されているという。

「公営住宅での死亡案件は原状回復が早く、犯人にとってはありがたいです」

　真壁と蒲田の対面に、縁と並んで庵堂は言う。

「我々がハンターによる殺人を疑ったのは、母親と子供二人が椅子(いす)に縛られて死んだ十年前の事件がきっかけですが、それは雨宮が凄惨な事件の実録を調べていたときに、たまたま見つけて不審に思ったからでした。ですから過去の事件についてはリアルタイムで追えていません」

「何を不審に思ったんですか？」

　と、蒲田が訊ねる。

「夫の死に方」

ごく簡潔に縁は言った。木と首をワイヤーでつなぎ、アクセルを踏んで自分の首が飛ぶ。常軌を逸した凄惨さだが、妙な本ばかり作っている真壁には言い分がある。

「死後の状況は悲惨でも、死に方自体はそう珍しくもないですよ？　ギロチンは受刑者を無駄に苦しませないために医者が考案したもので、瞬時に首の骨が折れれば苦しまずに死ねると考えて車を使う自死者もいます。水平ギロチンとでも言えばいいのか」

「うん。でも、ぼくが疑問に思ったのは、車と首の位置なんだ」

「ファイルを開いてみてください」

庵堂がフォルダナンバーを指定する。

件の遺体が発見されたときの写真だ。現場は山中の駐車帯らしき場所である。アスファルトの割れ目から草が生え、長らく使われていないとわかる。落ち葉もけっこう積もっているから、地元の人がキノコでも採りに来て遺体を発見したのだろう。首はロープを括った木のそばにあり、車は路側帯をはみ出して藪に突っ込んでいる。時間が経って首は干からび、生々しさはあまりない。野生動物が荒らさなかったのも幸運だ。運転席のドアを開けて車内を調べる鑑識官の姿も写っている。

「単純な疑問が湧いたんだ。急発進による頭部損傷の場合、体は何秒くらいアクセルを踏み続けられるのかなって。真壁さん、知ってる？」

「さあ」

と、真壁は首を傾げた。この写真からそんなことを考えるか普通？

「仮に時速一〇〇キロのスピードでアクセルを踏み込んだとして、一秒間で進む距離は二七メートル、コンマ一秒で約三メートル、ブレーキを踏めないから惰性(だせい)で進んで五メートル程度かな。そこで、路面の条件が現場と近い駐車場で同じ死に方をしたケースを探して写真を見ると」

「フォルダ1の2です」

真壁と蒲田は写真を開いた。

「あ。たしかにそのくらいの距離で止まっていますね」

厭(いや)そうな声で言ったのは蒲田で、

「ん？　首は木のそばでなく、車の脇に落ちてるな」

と、真壁が言った。

「オートマ車の場合、エンジンは掛かったままになるけど車は止まる、わりと近くで。その人の首は引き千切られて飛んだのではなく、切れて一度は車内の後部に落ちて、そこから外へ転がり出たんだ。対して十年前の現場では、首が明らかに飛んでいる。そちらで使われたのは古いマニュアル車だし、マニュアル車は急発進後にエンストするだろ？　だから、藪に突っ込むほど進めるのかなと不思議に思った。よく見てよ。窓は運転席側が全開なんだ」

「運転席の窓……たしかに開いて見えますね」

「ホントだ」

縁は真壁と蒲田を見つめて言った。

「アクセルペダルを踏み込んだ状態にしてエンジンを掛ければ、本人でなくても急発進させられる。アクセルに重しを置いて、後で回収すればいいんだ。そのためには車外からエンジンを掛ける必要があって、窓は開けておかなければならない。血液の飛散状況が不自然になるから、その後に車内はいじれないけど、重りの回収程度は可能だ――」

真壁は危険なサイコパスを見るような目を縁に向けた。

「――それで彼が起こした無理心中事件がどんなだったか、知りたくなって調べたら……」

「今さらですが、時々、先生の思考回路は混線しているんじゃないかと思うことがありますよ」

真壁が言うと、褒めたつもりもないのに、縁はまたも猫のように目を細めた。

「フォルダ1の3を見て」

その母子の殺害現場である。

椅子に縛られて刺し殺されている写真だ。焼き増しなので画像は粗いが、凄惨さは十二分に伝わってくる。テーブルに料理が載っていることも生理的な嫌悪感を生む。

「酷いよね。こんな殺し方を父親がするとは思えないんだ。口に貼ってあるのはダクテープで、工業用だから無理に剝がせば皮膚も剝がれる。特に子供は、なるべく苦痛を与えないようにするんじゃないかと考えた」

「まあ、そうだよなあ」

「でも、警察はちゃんと調べたんですよね。そうですよね？」

蒲田が訊く。縁は頷き、庵堂が答えた。

「雨宮が固執するので調べてみました。捜査陣に意見を求められたとき、『追い詰められた父親の心理として、こうした犯行を引き起こすことはあり得ないと言い切れない』と提言した者がいたようです」

「帝王アカデミーの犯罪心理学者だよ。警察に協力してるんだ」

「雨宮が事件を追い始めた理由については、ご理解いただけたでしょうか」

真壁も蒲田も無言だったが、それを肯定と捉えて縁は続けた。

「その心理学者を調べたら、やはりセミナーやグループセラピーを開催していた。最初の事件で首が飛んだ夫のほうがＤＶの矯正のためにグループセラピーに参加していて、そこで犯人と接点があったのではと考えて、庵堂に記録を遡ってもらったんだけど」

「犯人は先に夫を知っていて、その妻と子どもに興味を持ったってことですか？」

「そう。でも、アカデミーはセキュリティが強固だし、参加者が発信しているSNSなども見つからなかった。当時の名簿が手に入ればいいんだけどね」

「法律上、記録は五年残せばいいわけで、十年も前の記録が残っていますかねえ」

「医療関係者は記録を残すよ。既往歴は治療の根幹に関わるからね。だから彼のクリニックへ行って調べるのが一番いいんだ」

「それは私が却下しました」

と、庵堂が言う。

「情報を手に入れることはできるでしょうが、我々の存在を知られます」

「うん……真壁さんたちのおかげで、葬式ですでに目立っちゃったし。どこかで宣戦布告はするつもりだったから、いいんだけど」

「先生は帝王アカデミーと、どういう……」

縁はジロリと真壁を睨んだ。それについては話すつもりがない、何度も言わせるなという顔だ。

「別のフォルダに他の家族の現場写真も入ってるけど、一番新しい被害者である岡田さんの情報が鍵になると思うんだ。ぼくらは警察より先に現場へ行って、手つかずの状態を見たわけだから」

「真壁さんには辛いでしょうが、フォルダ4の写真を確認してもらいたいのです」

「動転していて何も見えていなかったと思うから、是非もう一度見て欲しい」

「それはまあいいですけど……俺が見たって何もわかりませんよ？　付き合っていたわけじゃなし、あのとき初めて家に行ったんだから」

「それでも確認してくれない？　このメンバーで彼女を知るのは真壁さんだけだから」

「同僚って言ってもなあ、社内で顔見る程度だし、たまたま先生のサイン本で……」

ブツブツ文句を言いながら、真壁は岡田のフォルダを開いた。自分のモニターで見ればいいのに、脇から蒲田が覗き込んでくる。いつの間にこんなに写真を撮ったのか、フォルダには呆れるほどのデータが入っていた。縁の言うとおり、真壁は動転していたのだろう。とっさに110番通報すらできなかったわけだから。

「そうか……記憶もかなり飛んでいたんだな」

今さらのようにつぶやいた。

凄惨な遺体の写真、簡素なリビング、キッチンにシンク、ゴミ箱や冷蔵庫の中身、子供のおもちゃ、靴を揃えた玄関と、壁に貼られた子供の絵……。

——……あとは七五三のときの写真だけをバッグに入れて……——

突然、頭の中で岡田が喋った。生きている彼女を見た最後の日、会議室で交わした会話だ。

——写真には夫も写っているけれど、子供が大きくなったときに父親の顔も知らないのは可哀想だと、一瞬思ってしまったんですよね……——

「まてよ」

真壁は玄関の写真をクリックし、モニターに大きく表示した。

——その写真、今も玄関に飾っているんです——

彼女はたしかにそう言った。

団地でよく見る玄関は、上がり框の脇に下駄箱が備え付けられていて、天板に物を置くことができる。岡田はそこにハンカチを敷き、子供が折ったと思しき折り紙などを載せていた。出がけに忘れないように、カゴにハンカチとティッシュが入れてある。壁には子供の絵を貼って、安っぽい鏡が掛けてある。

「……写真」

つぶやくように真壁は言った。岡田が玄関に飾ったという七五三の写真はないが、写真が飾られていたと思しきスペースが不自然に空いている。

「何か気がついた？」

と、縁が訊いた。

それぞれのパソコンで同じ写真を見られるというのに、真壁はモニターを縁に向けた。

「おかしいですよ。たまたまあの日……あの日というのは先生がサインに来た日ですけど、岡田さんとモラハラ夫の話をしていて、逃亡するとき家族写真を一枚だけ持ち出したと。彼女はそれを玄関に飾っているという話したんですが」

「それがない？」

真壁は頷く。

「見た限り、ないんですよね。ほら、ここ」

立ち上がってモニターを指した。

「たぶんこのスペースに飾ってあったんじゃないのかな、と」

縁と庵堂はモニターを見つめ、遅れて互いに視線を交わした。

「写真がないと変ですか？」

蒲田が訊く。

「変だけど、理由はわかる。戦利品として持ち帰ったんだ」

口を三日月形にして縁は言った。

「この手の犯人はコレクションしたがる。アクセサリーや、髪の毛や、戦利品は犯行動機を示すものが多いんだ。戦利品を飾って自身を鼓舞し、次の犯行へ妄想を膨らませていくために」

「他人の巣を狩るハンターの戦利品が家族写真というのは辻褄が合います」

庵堂が言う。

「七五三のときに家族で撮ったものだと言ってましたよ。亭主も写っているけど子供のために持ち出したって」

「……なるほど」

　それ以上なにも言わずに縁は頷き、

「じゃ、他の被害者の家からも写真がなくなっているってことですか？」

　と、蒲田が訊いた。

「でも、他の事件を調べることは、もう難しいんですよね。写真がなくなっていたか、ご遺族に訊いてみるとか……そういう方法になっちゃうんでしょうか」

「それってわからないいんじゃないかなあ。同居家族ならともかく、被害者は転居したてで周囲との接触もないわけだから。そもそも実家へ戻れるようなら、こんな目に遭うこともなかったんだし」

「そうかー……たしかに」

「写真の所在を問うよりも、犯人が被害者の写真を持っているかを追えばいい」

「あれば証拠になりますもんね。でも、どうやって犯人を見つけたらいいのかなあ」

「岡田さんがいます」

　と、庵堂が言う。

「彼女の身辺を探るんです。逃亡に手を貸してくれた人物や、今の住居を世話した機関、息子さんが通っていた保育園……岡田さんの住民票は、どうなっていたんでしょうね」

「すぐには移さない可能性もあるな」

と、その筋に詳しい真壁は言った。

「身内を名乗って住民票の開示を求め、開示請求却下の指示を見落とした職員が夫にそれを開示したため、母親が殺された事件があったじゃないですか。あれ以降は関係機関も神経を尖らせていて、一定期間は移動させない場合があると思いますけどね」

「なら逆に、個人情報を知る人物は限定できるということだよね」

「まあね、俺が住所を知っているのもホントはマズいと思うんですが、会社には現住所を申告しますし、完全に秘匿できるかと言えば微妙ですが」

「真壁さんが知るのとはわけが違うよ。彼女は『パパ』に心当たりがなかったんだろ?」

「近所の店員か、子供の友だちの友だちか、そのパパとかね、そのあたりを考えていたようですが」

「息子とは何度も接触しているんだから、少なくとも彼女の周辺にはいたってことだね」

「花屋を探るというのはどうですか?」

脇から蒲田がそう訊いた。

「ブーケは犯人が買って来たんですよね? 他の現場にも花があったわけだから。あと、フライドチキンも犯人が買って来たのかも。冷蔵庫の食品にスーパーの名前が書いてあるから、岡田さんがそこに寄ってから家に帰ったとして、帰宅ルートにフライドチキンを買える店があるか調べれば、誰がチキンを買ったかわかる。チキンを買ったのが犯人なら、花屋とチキンの店がルートにある場所を探して、聞き込みすれば……」

「やるなあ、蒲田くん」

　真壁が感心すると、

「じゃ、そっちは二人に頼んでいいかな」

　女子高生の顔で縁が言った。

「先生たちはどうするんです？」

「連続的な犯行ってさ、大体最初の犯行に鍵があるんだ。だから十年前の事件をさらってみるよ。この家族だけは殺害方法が凄惨で、やり方も衝動的に見えるしね」

「その様子では、病院を探る計画を諦めていないんですね」

　庵堂が盛大なため息を吐く。縁は無邪気な顔で笑った。

「やる気になれば手はあるさ」

「どうするつもりなんですか」

　蒲田が訊くと、

「答えを知らない方がいいよ」

　と、縁は言った。

　庵堂は呆れ顔で自分と縁のパソコンを畳む。どうせまた法に触れることをやるつもりなのだと真壁は考え、この先生との付き合い方は真剣に考え直さなきゃダメだと蒲田は思った。

「そういえば、岡田さんの息子がキャッチボールしてるのを、誰かが見てたと言ってましたが」

そっちを探る方が安全だ。安全な上にリスクもない。

「では、真壁さん。それもよろしく」

「ええっ」

真壁は眉間に縦皺を刻んだ。

「俺だって暇じゃないんですよ」

「重々承知してるし、感謝もしてる」

「僭越ながら、犯人はすでに次のターゲットを模索しているかもしれません。おそらくですが、候補者を何人も持っていて、チャンスが来ると行動に移すのですよ。最初に子供に取り入ることから、日中は自由に動ける仕事に就いて、一人親世帯を訪問しても不自然でない人物です」

「その人物は十年以上前から帝王アカデミーのセミナーかセラピーに参加している。そこで犯罪の才能を開花させられたんだ。活動圏は品川周辺、犯行を十年も続けていることから、現在四十代から五十代前半の、独り暮らしの男性だろう。家族がらみのトラウマを持ち、福祉関係の仕事をしている。庵堂は警察へ行って、岡田さんを逃がした生活安全課の担当者から話を訊いてほしい」

「逃亡に関わった人物を洗うんですね」

「大丈夫ですか」

真壁が訊くと、縁は笑った。

「庵堂なら大丈夫だよ。結果については、メールか電話で『新作のアイデアが出た』と言うから」

「僭越ながら、俺も警視庁の捜査一課に知り合いがいるんですがね、事情を話して、向こうに任せたらどうですか」

竹田刑事の脂ぎったおかっぱ頭を思い出して訊くと、

「もちろん最後はそうして欲しい。でも、証拠がなかったら彼らは動かないだろう？」

と、縁がいなした。

「警察官は職業なんだ。捜査一課に籍があっても、彼らはヒーローじゃなくて公務員だよ。給料をもらって労働しているだけだから、動かすにはコツがいる。真壁さんなら知ってるでしょう」

「……まあ……そうですが」

「大丈夫。アカデミーが陰で犯罪者を操るのなら、ぼくらは警察を動かして対抗する」

解散。と、縁は言って立ち上がり、二人を送ってあげて欲しいと庵堂に頼んだ。

「『サイキック』のプロットの戻しが明日なんだ。今日はありがとう、呼びつけてごめんね」

真壁は蒲田と視線を交わして席を立ち、縁が開けてくれたドアを通って玄関に出た。見送りに出て来た女子高生片桐愛衣は片足をわずかに引きずっていて、それを見たとき、真壁はこう考えた。ハンターシリーズの最後の巻に必要なものはなんだろう。それはハンターを狩るハンターの真の姿を、読者に暴くことではないかと。


趣味の範疇で行う限り、犯罪捜査はけっこう楽しい。蒲田と頻繁にやりとりしながらチキンの店と花屋を探ってみたとき、真壁はすぐさまそう感じた。子供のころ憧れた少年探偵団が、オッサンになった今も心のどこかに眠っていたと知って驚きもし、高揚もした。そうか。だから俺は編集者なんていう仕事に就いたのか、としみじみ考え、ハンターシリーズは売れるかもしれないと、また考える。それには売り出し方が大切だ。ノンフィクション色を消すというのなら、読み物として面白くないとヒットは無理だ。主人公が女子高生……それはどうかな、と思考は巡り、計画のヤバさを忘れそうになる。

帝王アカデミーが闇を抱えていることは周知だが、不幸に見舞われた過去が闇ではなくて、闇そのものを内包しているとは思いもしなかった。事件の黒幕、と縁は言った。本当にそんな人物がいるのなら、ノンフィクションでも充分売れることだろう。

ネエサン　オメデトウ　マタ　ツミヲ　オカシタンダネ。あれはそういう意味なのか。月岡玲奈をネエサンと呼ぶ人物は、片桐涼真と愛衣しかいないのではないか。けれど、二人は死んだのだ。

「いや、まてよ」

原稿とゲラと書籍と文具に囲まれた黄金社のデスクで、真壁は中空に視線を移す。

「玲奈だけは先妻の子供だったよな。死んだ二人は寛の再婚後に生まれた子供で……」

玲奈には別に妹か弟がいたってことか。縁が化けられたということは、その相手とはずっと会えていないということだ。それが縁の正体か。

「片桐寛の先妻って誰なんだろうな」

離婚したのか、死別だったのか、どういう素性の女性だったのか。真壁も一度はそれを調べようとしてみたが、情報が少なすぎて諦めた。片桐寛の先妻の件は殺傷事件の本筋とは違うので、そのまま放置したという側面もある。スケジュール帳を取り出して、『片桐寛の先妻と子供』とメモをする。改めて調べ直すのもいいかもしれない。

何度もボツを食らった企画だが、ハンターシリーズと絡めることで出版の目が出てきた。臍（へそ）の裏側に武者震いを感じて、これこそが編集者の醍醐味（だいごみ）だとほくそ笑む。真壁は出版の仕事が好きだ。まだまだ出したい。本を出すんだ。誰よりも出版点数と刊行数を増やしてやる。

独りで悦に入っていると、デスクでスマホが鳴り出した。画面に蒲田の文字がある。

「もしもし？　蒲田くん？」

――チキンも花も、買ったのは犯人ですね――

いきなり蒲田はそう言った。

――スーパーの近くには、花屋もチキンの店もなかったです。ていうか、スーパーで花を売っているので、岡田さんが自分で買うならスーパーじゃないかと。でも、ブーケの扱いはありません。川口駅に乗り入れている京浜東北線まわりをネットで検索してみたら、ケンタッキーはあるけど岡田さんの家にあったチキンの店はなくて、花もチキンも都内で買ったと思うんですよ。ただ逆に、都内だと花もチキンもどこでも買えてしまうので――

「そうか……用意周到な犯人だって、先生も言ってたもんな」

――ですね。ボロが出ないようにしたんでしょうね――

「蒲田くんはいま、どこにいるの？」

――スーパーです。店長さんから岡田さんの話を聞かせてもらったんですけど、パートさんたちも女性が多くて、男性で働いているのは三人だけなんですよ。店長は六十を出ているし、仕入れの人はお爺（じい）ちゃんで、もう一人が店長の息子さんですが、『パパ』に該当する人物はいませんでした。空振りですね——

「そうか。あのさ」

真壁は声を潜めて言った。

「ついでに岡田さんの団地へ行って、近所の人から話を訊いてもらえないかな」

——いいですけど、近所の誰ですか？——

真壁は懸命に記憶を辿った。岡田はキャッチボールの話をしていた。誰かが、息子とパパがキャッチボールしているのを見たと話したと。

——近所のお婆ちゃんから聞いたんですよ……タクちゃん、お父さんとキャッチボールしてたねえって——

「お婆ちゃんだ」

へ？　と、蒲田は言葉に詰まった。

——どのお婆ちゃんですか——

「知らないよ。近所のお婆ちゃんってだけで」

——近所って……団地はどこでも全部が近所じゃないですか——

「そうだけど、現地へ行ってみれば目星がつくかもしれないだろ？　たまたまお婆ちゃんを見かけるとかさ、彼女たちを知る人物に会うとか」

——そんなに上手くいくはずないと思うんだけどな——

「とにかく行ってみてくれよ。俺だって『お婆ちゃん』を知らないんだし、蒲田くんはもうそっちにいるわけだしさ」

強引に頼んで電話を切った。

蒲田が情報を拾えると思ったわけでもなかったが、母親は子供を通して独自のコミュニティを形成するものだし、周囲で子供が遊んでいれば、もしかしたらということもある。

そうしておいて、真壁は警察に協力しているという犯罪心理学者を検索した。警視庁に関係する組織や職務内容、情報提供、未解決事件、果ては実在の警察官を紹介しているホームページまである時代だ。警察行政職員の技術職を検索し、犯罪心理学で追いかけていくと、縁が言っていたように帝王アカデミーカレッジで心理学を教える客員教授、左近万真なる人物がヒットしてきた。さらに検索していくと、左近教授の妻の実家が都内で精神病院を経営していることもわかった。昭和五年に開設された古い病院のようである。

ホームページへ飛ぶと、左近万真も診療に関わっているようで、精神科のカウンセラーとして挨拶文を寄稿している。六十歳ぐらいだろうか、口ひげを蓄えた幇間のような男の写真があって、紹介状がある患者限定のグループセラピーや、セミナーのスケジュールが載っていた。

「この人物か」

真壁はスケジュール帳の後ろのページに『帝王アカデミーカレッジ・左近万真、いけはた病院』とメモをした。いけはた病院までは三十分程度。食べ損ねていた昼食を外で取るのも悪くない。真壁はふらりとデスクを離れた。

いけはた病院は北品川駅近くの幹線道路沿いにある。都内の個人病院に違わずシンプルなビルで、間口の狭い八階建てだ。建物は通りと通りの合間を塞ぐかたちで建っていて、建物を回り込んで入口から裏口へは移動できない造りだ。患者の自転車が何台も止まっている正面玄関を横目に、真壁は道路を戻って裏口を見に行った。病院の裏側は賃貸アパートやコンビニなどが並ぶ通りだった。通りと通りを塞いで建つ病院とは違い、多くの建物は敷地を二分して別々の持ち主がいるのだろう。

ようやく病院の裏口まで行くと、リネン類の回収車が止まっていた。回収ケースに詰めたシーツや病衣が、移動カートから車の荷台へ積まれている。作業着を着たスタッフたちは高齢で、一人だけいる若いスタッフが、ほとんどの荷を積み替えている。

「さすがだねえ」

「若い人は頼もしくていいよ」

と、高齢スタッフの声がした。トラックを取り巻いてなにもせず、青年スタッフをおだてているのだ。見舞客を装って裏口から院内に入ってみようと考えていた真壁は、彼らが邪魔で遠巻きに観察することにした。

「業者さんにサインしてあげていいですよ。あとは独りで積んでおきますから」

若いスタッフがそう言うと、口々に礼を告げながら年配者たちは裏口へ消えた。回収業者の伝票にサインして、責任者らしき爺さんが言う。

「兄ちゃん。明日からもずっと、ヨネ子さんの代わりに来てくれや」

「や。それだとヨネ子さんに悪いから」

「あの婆さんより兄ちゃんのほうが役に立つもんな」

「ダメですよ。ぼくは明日、筋肉痛になっちゃうし」

わはは、と笑い声を残して爺さんが去り、回収業者も荷台を降りる。

「じゃあ、これで」

「お疲れ様でした」

若いスタッフはお辞儀(じぎ)をし、業者は運転席に飛び乗った。

車が出たら行けそうだ。真壁はさらにゆっくり歩き、車が去って行くのを待った。若いスタッフが裏口へ向かう。道路から少し奥まった裏口は救急搬送患者の受け入れ口らしく、現在はカーテンが閉まっている。患者受け入れ口の他に通用口があり、若いスタッフはまだそこにいる。裏口から入る案は失敗だなと、真壁が心で吐き捨てたとき、

「面会ですか?」

スタッフが真壁に訊いた。

「俺？　ああ、いや……」

挙動不審に見えただろうかと恥ずかしくなる。

「面会時間は午後一時から三時までと、その後は午後六時から八時までです。三時を過ぎてしまったので、あと三時間は無理ですね」

薄緑色のユニフォームを着た青年は、同じ色のキャスケットの下から真壁を覗く。今どき流行らないメガネを掛けたサエない男だ。

「そうなんですね。じゃあ、出直して来ます」

答えると、彼は笑った。

「スーツでお見舞いに来る人は少ないんですよ、真壁さん。特に日中はね」

名前を呼ばれてギョッとする間もなく、青年は通用口へ消えてしまった。

「……えっ」

つぶやいても反応する者はない。不法侵入もしていないのに、真壁は心臓がドキドキした。

案の定、数日後には縁からメールが入った。新作のアイデアが湧いたので相談に乗ってもらえないかというのである。真壁がメールをそのまま蒲田に転送すると、蒲田はショートメッセージを送って来た。

——ぼくも報告があるので　ちょうどよかったです——

そういえば、あの後お婆ちゃんに会えたのか訊ねると、

——会えました——

と、蒲田が返す。

「ホントかよ」

まったく信用していない口調で真壁はつぶやく。本当に会えたなら、蒲田の場合は興奮してその場で連絡をよこすはずだからだ。蒲田との話はメールでいいが、縁に会いたいと言われてしまえば打ち合わせの時間を作るほかない。真壁は縁のメールに返信した。

——雨宮縁様

お疲れ様です。黄金社の真壁です。新作のアイデア、いいですね。近いうちであれば先生のご都合に合わせられると思いますのでお知らせください。真壁顕里——

縁ではなく庵堂から、メールはすぐに帰って来た。

——真壁顕里様

大変お世話になっております。雨宮縁事務所の庵堂です。早速ですが、今週末土曜日のご都合は如何でしょうか。真壁さんのご都合がよろしいようでしたら、同日午前九時四十

五分に、東京駅の『銀の鈴』前でお待ち合わせ願いたいのですが。庵堂貴一――

「はあ？　朝かよ」

しかも土曜日だ。編集者は週末夜の打ち合わせを好むってわかってるだろうが。誰が好き好んで朝から作家の気まぐれに付き合うのかと真壁は思い、いや、これもヒット作のためだと無理矢理自分に言い聞かせた。午前九時四十五分と酒に遠い時間なのも気にくわないが、お上(のぼ)りさんが好む駅地下の銀の鈴前で打ち合わせというのがさらに不穏だ。どこかへ移動するつもりらしい。

スマホを出して蒲田に掛けた。

「お婆ちゃんに会えたんだって？」

単刀直入に訊くと、蒲田は答えた。

「近所のお婆ちゃんと言われた意味がわかりましたよ。団地へ行ったら、ちょうど自治会の人たちが草取りをしていたんですよね。あそこ、住人が高齢者ばかりになって、だから岡田さんと息子さんのことはみんな気にしていたらしいです。岡田さんのように事情を抱える世帯と、あとは高齢者ばっかりなのよって、けっこう話をしてくれて」

「『パパ』を見た人と会えたってこと？」

「会えました」

と、蒲田は言った。

「というよりは、噂話が共有なものですから」

なるほどな、と真壁は思う。

「じゃあ、大変だったんじゃないの？　事件のことで」

「逆に質問攻めに遭いました」

「蒲田くんはどう言って話を訊いたの」

「仕事の同僚だと言いました。最近顔を見ないなと思っていたら不幸があったと聞いて、飛んで来たって」

「嘘ともいえない上手い言い方だな」

「大々的に報道されたわけでもないので、ぼくが色々知りたくても当然だと、みんな思ったようですね。なんか、ぼくが岡田さんに気があったと思われたみたいで、もとの旦那さんと切れてないよと教えてくれる人がいて」

「それが近所のお婆ちゃんか」

「たぶんそうだと思います。同じ棟の一階の、花壇の前の部屋だそうで」

「窓から観察してるってことか」

「暇なんですよ」

「で？　『パパ』についてはどう言っていた？」

「年の差婚は大体、奥さんに若い虫が付くんじゃないかと旦那が懐疑的になるものだなんて言ってましたね。だから、『パパ』は年齢が上だったんだと思います。どんな人かと聞いたんですけど、お婆ちゃん、けっこう目が悪いんですよ。でも、ぼくより小柄と言っていました」

「何か特徴はないのか？　メガネを掛けていたとかさ、大きな黒子があったとか」

「メガネは掛けていたようですが、黒子については聞いていません。キャッチボールをしてたのも、団地の前じゃなくて公園だったみたいで、それもほんの一瞬で、他の子たちが呼びに来たら別れたそうで、男の子が手を振っていたので、もとのご主人がそっと会いに来たと思ったようですね」

「それっていつの話？」

「夏の終わり頃らしいです。冷や奴が食べたくなって買い物に出た帰りだったと」

「じゃあ、夕方？」

「遅くまで明るいですからね、その頃は」

「その後は男を見かけたって？」

「そういう話は出ませんでした」

「心中事件についてはどう言ってるの？」

「みんな驚いていましたけどね、団地の事件はそこそこあるようで」

「事件って？」

「孤独死、自殺、住人同士の浮気や近隣トラブルなんかですね。よく知っているんですよ。岡田さんの部屋も業者が入って清掃作業が終わったよ、とか、遺品も業者が運び出して、結局、遺族は挨拶にも来なかったとか……ちょっと考えちゃいました。こういうところに住むのも大変だなって」

「そうか……」

真壁は暗い気持ちになった。

「ところで今週の土曜なんだけど、朝九時四十五分に東京駅の『銀の鈴』前で待ち合わせたいと雨宮先生から連絡があってさ。そっちの都合はどうだろう」

「え、土曜日ですか？　その時間は……ちょっと……」

珍しくも蒲田は言葉を濁した。

「仕事が入ってる？」

「そうじゃなく、飯野と映画を観に行く約束をしていて」

飯野こそが『スマイル・ハンター』のヒロインで、現在は『のぞね書店』で書店員をしている。もとは黄金社の営業部にいて、装丁部だった蒲田とは同期であった。真壁は「ふーん」と、ゆっくり答えた。

「映画に行くだけですよ。お互いに観たかった映画で」

「いいって、いいって。そういうことなら独りで行くよ。どうせ『一杯』はなさそうだしさ、日本全国土曜日なんだし、俺は家に居たって持ち込み仕事をしているだけだし」

「厭みな言い方するなあ」

「や。蒲田くんの大切な時間を奪おうなんて気はないさ。相手もあの雨宮先生だしね」

「よろしく伝えてくださいね」

そう言うと、蒲田はそそくさと電話を切ってしまった。

「くそ……」

俺一人で先生のお守りかよ。真壁は庵堂にメールして、その時間に銀の鈴へ伺いますと答えた。


土曜日、午前九時四十五分。東京駅地下グランスタにあるモニュメント『銀の鈴』に現れたのは、いけはた病院の裏口で見かけたサエない清掃スタッフだった。上着もズボンもダブダブで、流行らないかたちのメガネを掛けて、厚ぼったく伸びた前髪が眉毛の上まで落ちている。スニーカーを引きずるように歩いて来ると、真壁に向かって「どうも」と言った。

「病院内を見るのは諦めたんだね」

真壁は一瞬上を向き、目を閉じて自分に言い聞かせた。我慢だ、我慢。作家に変人が多いって、よくわかっていたじゃないか。雨宮縁は超弩級の変態なんだ。それだけだ。

それから引き攣った笑みを青年に向けた。

「お疲れ様です」

「真壁さん、どうしてあそこがわかったの？」

訊かれて真壁は頭を掻いた。

「庵堂さんの真似をして、ネットでサーチってのをやったんですよ。警視庁に協力をしている外部団体から追いかけて、半日以上もかかりました」

「そうなんだ。やるね」

表情そのまま、青年は言った。

「そっちこそ、なんであんなところで清掃員をやっていたんです？　ていうか、どうやって潜り込んだんですか。突然名前を呼ばれたときは変な声が出そうになりましたよ」

青年はクックと笑った。

「簡単だよ。シルバー人材ってあるでしょう？　それ系のサイトに根回ししてさ。歳を取ると、突然の体調不良で仕事に穴を開けることってあるじゃない？　そういうとき単発で代理を探せるサイトに登録して、チャンスを窺っていたんだよ」

「シルバーじゃないのに、ですか？」

「単発だから関係ないんだ。そういう意味では便利だよね。で、あの日は神経痛のヨネ子さんの代わりに病院へ入った」

「何をやっていたんです？」

縁は胸のあたりを叩いて見せた。

「まさか……」

「病院なんか夜中に忍び込むほうが楽なのに、内部にも周囲にも防犯カメラが多すぎるって、庵堂が反対したんだよ。それで仕方なくチャンスが来るのを待ったというわけ」

行こうか、と縁は言って、歩き出す。やはり目的地があるらしい。

「忍び込むって……アレを探しに行ったんですか？　名簿というか」

「そうだよ」

と、向かうのはJR東北新幹線の乗り場だ。歩きながら、縁は真壁にチケットを渡した。午前十時発の郡山（こおりやま）行きである。

「こおりやまぁ」

真壁は妙な声を出す。

「片道一時間半ほどだからすぐ戻れるよ。庵堂が四十分発で先に行って、向こうでレンタカーを手配しているし」

体を寄せて真壁は訊いた。

「郡山に何があるんです」

「うん。あのね、歩きながら話すよ」

垢抜けない青年に扮した縁は、歩き方も自信なさげにモタモタしている。全てが計算ずくだったのかと思うと、真壁は改めてゾッとする。この作家を見出したのは、ラッキーか、不幸の罠か。

「十年以上も前の書類なんてさ、倉庫で埃をかぶってるものだろ。帝王アカデミーは流出を恐れてデータを信頼しないから、洗脳実験の記録は書面のはずだと思ったら、当たっていた」

「被験者の名簿を手に入れたんですね」

「被験者とはいわないんだよ。被験者の自覚がある人なんていないんだ。やっているのは純粋なカウンセリングや、医療行為なんだから。とにかく、首が飛んだ男性が参加していたグループセラピーの名簿は手に入れた。同時期に左近万真が関わったイベントの参加者名簿も、手に入れた」

真壁は知らず興奮してきた。

「だから郡山なんですか？　何がわかったんです？」

新幹線乗り場へ入る手前で、縁は時刻表を確認する振りをした。猫背で、やや首をすくめて、厚底メガネの奥から電光掲示板を覗く仕草は響鬼文佳と同じ人間に思えない。彼はモタモタとチケットを出し、おっかなびっくりという体で自動改札口を通った。

「同時期に行われた複数のイベントから被害男性と同席した人物を拾い出し、男性のみをピックアップしてから、年齢的に犯人と合致する人を探したんだよ」

「いたんですね」

「かなり大勢」

と、縁は笑う。

「リピーターばっかりだったんだ。一人ずつ素性を探っていくと、福祉関係の仕事に就いている人物が三名で、それぞれ警察官、区役所職員、支援センターの外部関係者だったんだけど、その当時はまだ福祉関係の職に就いていなかった可能性もあるから、他の人物も捨てきれない」

「そういえば、蒲田くんが岡田さんの団地へ行って、『パパ』を見た人に会ったそうですよ」

「ホント？　どんな人？」

プラットホームで、他人から離れた場所に立って縁は訊いた。間もなく列車が入ってくると、アナウンスの声がする。

「お婆ちゃんで、目が悪くて、特徴なんかまったくわからなかったらしいです。メガネを掛けた小柄で年配の男性というだけで」

「目が悪いのに年配とわかったってこと？」

真壁のほうを見もせずに訊く。

「……そうですね……そういうことだと思います」

「じゃ、『パパ』は白髪で姿勢が悪くて動きが鈍いんだ……そうか、身体能力は高くないのか……だから薄幸で御しやすい女性を狙う。子供も内気で大人しいタイプを選別したんだ。やんちゃなガキだと手に余るから……そういうことか。子供も調べたのなら、やっぱり福祉関係の人間かなあ」

先生は何者ですかと訊きたかったが、黙っていた。

チャイムが鳴って、列車が滑り込んで来る。折り返し運転になるために、先ずは清掃スタッフが車内に入る。並んで乗車を待つ人々を余所に、縁は離れた場所で真壁に言った。

「最初の事件がなぜ起きたのか、大体予測がついたんだ。郡山へは証言者に会いに行く」

「え」

急展開に真壁は震えた。

「病院の倉庫にはセミナー関係の書類の箱がずいぶんあってね、もっとも古いのが十一年前だった。納得したよ。素質のある人物を操るとしても、洗脳にはある程度時間が必要だからね」

どうやって人を操るというのか、真壁はそこに興味があったが、話の腰を折らないように質問を控えた。縁は言う。

「初期のセラピー参加者の多くがその後もイベントに参加している。何年か時間を空けて戻って来る者もいる。左近万真は腕がいいんだ」

「そいつら全員を洗脳しているわけですか」

「そうじゃないと思う。そんな危険なことはしないし、左近万真が黒幕でもない。複雑なんだよ」

　車窓の奥で忙しなく働く清掃スタッフを遠目に見ながら、縁はメガネを持ち上げた。こんなレンズを通したら、いっそ見難いだろうと思う。

「ああいうイベントで人を集めて、これはと思う人物は個別で治療かセラピーに通わせるんじゃないのかな。そして別の先生を呼ぶんだ。操るのが上手い人物をね。病院自体は何も知らないし、罪悪感があるはずもない。書類を倉庫に置きっぱなしなのがその証拠だよ。清掃スタッフはいつでも倉庫へ入れるし、普通に棚に積み上げてあるんだから」

「なるほど……ケネディ暗殺事件で流行った話みたいだな。ジョン・レノンのときもありましたよね、遠隔催眠で暗殺者にしたという陰謀説が」

「もっと狡猾で、もっと酷いよ。ターゲットは誰でもいいなんて」

　ボソリと縁が言ったとき、乗車案内のアナウンスが流れた。指定席は車両の端で、目の前が壁になる席だ。周辺の人物がみな乗り込んでから、真壁と縁は車両に乗った。他の乗客と違うのは、二人とも大した荷物を持っていないところだ。縁に至ってはサイドバッグひとつ手にしていない。よれたジャンパーのポケットに手を入れたまま、彼は窓際の席に座った。

「何か飲み物でも買って来ますか」

編集者の性でそう訊くと、縁は視線で断った。ダサい青年と、貫禄ある中年男、この組み合わせを他人はどう見るのだろうと考えて、出所後の受刑者に就職を斡旋しに行く保護司ってところだなと真壁は思った。

新幹線は動き出す。

真壁は、あの日布団に寝ていた岡田の子供の黄ばんだ顔を思い出していた。

「おそらく帝王アカデミーも知らないと思うけど……」

肘掛けに腕を置き、外を眺めて縁が言った。ボソボソとした声ながら、滑舌がいいのでよく聞き取れる。車窓に映るのは灰色の防音壁だ。

「最初のセミナーから一年後、いけはた病院に通院していた患者とその家族が不思議な体験をしたらしい。左近医師はそれを報告書にまとめたが、アカデミーには提出しなかった。書類は倉庫に眠っていて、ぼくが読んだ。そのときの家族が郡山にいる」

「どういうことですか？」

真壁は縁に訊ねたが、彼は自分の腕に頭を預けて動かなくなっていた。まさか妙な薬を盛られていたとか、陰謀ばかりが脳裏を巡る。腰を折って覗き込むと、目を閉じて眠っている。なんとなくムッとして、真壁は内ポケットにねじ込んでいるスケジュール帳を取り出した。

『片桐寛の先妻と子供』

そこには真壁自身の文字で、調べる事柄が記されていた。


東京駅を出て一時間半足らずで、真壁らは福島県の郡山駅に到着した。新幹線降り口を出た先に庵堂が待っていて、

「ロータリーに車を回しておきました」

と、縁に告げた。

何をさせても手際のいい男だが、だからこそ余計に庵堂のことが気にかかる。雨宮縁の正体に興味が湧いた今となってはなおさらだ。真壁は響鬼文佳が本来の縁にもっとも近いキャラと信じていたが、片桐寛の先妻が月岡玲奈の他にも弟を産んでいたのなら、縁は男ということになる。――先生やめて。愛衣ちゃんで――どの面下げて女子高生に化けやがる。

「はあー……」

思わず大きなため息を吐いた。妻も子供もある身ながら、パリピっぽい部分を除けば響鬼文佳はビジュアル的に好みだったのに。

「真壁さんはお疲れですね」

トンチンカンな気遣いを見せる庵堂が憎たらしくて、

「おかげさまで」

と、だけ返事をした。

「大学は開成山公園の近くということで、ターゲットとは昼休みに会えるよう手配しておきました。大して時間はかからないと思います」

「俺は報告だけ聞いてもよかったんじゃないですか」

真壁が訊くと、縁は笑った。

「だって仕事でしょ、真壁さん。こういうのを取材と呼ぶんじゃないの？　根幹に関わる部分は共有しておかないと。あなたはぼくの相棒なんだし」

相棒は庵堂だろうと心でつぶやき、それが嫉妬と気がついて、真壁は指先で後頭部を掻いた。俺もどうかしていると思う。

「まあ、じゃ、行きますけどね、なんか話がぜんぜん見えていないんですよね。十一年前、いけはた病院に通院していた患者とその家族が体験したっていう不思議なことと、岡田さんの事件と、どうつながってくるんです？」

ロータリーの一時駐車場で庵堂がレンタカーのドアを開けると、縁は真壁と一緒に後部座席に乗り込んで来た。庵堂が運転して、車は駅を出発する。

「倉庫で報告書を盗み見ただけだから、ぼくも詳細はわからない。患者は吉田宏子さんといって、解離性障害を患っていたようだ。その当時二十八歳で、十一歳と六歳の女の子の母親だった。アルコール依存症でカタレプシーの症状もあり、病院は入院を勧めていたものの、金銭的な問題もあって通院していたようなんだ」

「カタレプシーって？」

「解離性障害の症状のひとつで、自分の意思とは無関係に、体が固まって動けなくなってしまうんですよ。てんかん発作を起こしたり、失神することもあるようですね」

　運転しながら庵堂が言う。

「彼女はグループセラピーの初期メンバーで、報告書は吉田氏の両親がよこしたクレームについてのものだった」

「セラピーの内容がまずかったとかですか？　洗脳実験がバレたとか」

「そう単純でもないんだよ」

　と、縁は言った。

「読んだときは、さしもの小説家といえども面食らったよ。事実は小説よりも奇なりってやつだ」

「どんなクレームだったんですか」

「娘の病状を知っていながら適切な処置を講じなかったばかりか、性的逸脱行為につながりかねないグループセラピーに参加させたというものだ。書類上のやわらかな表現になってはいたが、『病院が他の参加者に娘を斡旋(あっせん)した』と、両親は言いたかったんだと思う」

「はあ？」

なんだか妙な具合になってきた。

「結局のところ、洗脳実験ってなんなんですか。素人(しろうと)同士の売春斡旋？」

「説明が難しいけど、そうじゃないんだ……欲望の増幅、悪魔の囁(ささや)き、理性の崩壊……悪意の感染というのが一番近いかな」

「まるで小説のタイトルみたいだな」

「作家だからね」

とぼけた笑みを浮かべてから、縁はすぐさま真顔に戻った。

「問題は『性的逸脱行為』が何を指すかで、両親がグループセラピーを非難していることから、クレームの元になった人物はセラピーを外されたはずだと思ったのに、そういう人物がいないんだ。外れたのは吉田宏子だけで」

「さっぱりわからないですね」

「報告書も出されなかったということは、左近医師のところで話が止まったんだと思う。両親に金が渡ったかなにかしてね」

「その事件の当事者が郡山にいるってことですね」

「追跡調査したところ、吉田宏子は翌年の春、総武線で飛び込み自殺していました。子供たちはその後郡山にある母親の実家に引き取られ、これから向かう大学に当時十一歳だった長女がいます」

「飛び込み……自殺なんですか？」

「一応そうなっているみたいだよ」

真壁は思う。本当に、こんなヤマを追いかけていいのだろうか。俺は一介の社員だぞ、どれだけ本がヒットしても、金一封が出るだけだ。

「真壁さん、ビビってる？」

横から縁が覗き込む。

「ビビってなんか――」

真壁は腕組みをして、

「――いますね、確かに。冗談じゃないぞ」

と、言った。笑ってくれればいいのに、縁も庵堂も無言であった。

それは女子大で、吉田宏子の長女は幼児教育学科で学んでいるということだった。

庵堂を車に残して、真壁は縁と本館に入った。キャンパスは都内の大学に比べてこぢんまりとした印象があり、吹き抜けのあるロビーにもさほどの広さはない。左右に分かれたオープン階段の中央に創立者の像が鎮座して、手前に応接セットが四組と、壁際にはベンチが並んでいる。

どこへ座ろうか考えていると、縁が応接セットの方へ行くのでそこに座った。

食堂は別の建物にあるらしく、二階フロアを行き来する女子大生はいるが、階段を下りて来る者はない。手持ち無沙汰に創立者の銅像を眺めることしばし。地味な風貌の女性が一人、階段を下りてくるのが見えた。真壁が先に立ち上がると、女子大生は会釈しながらそばへ来た。

「遅くなりました。黄金社の真壁さんですね？」

いきなり名前を呼ばれて、やられた、と思った。俺を出汁に使いやがったな。仕方がないので名刺を出して彼女に渡す。縁はお伴のアルバイト青年みたいな顔でニコニコしているだけだ。彼女は恐縮して名刺を受け取ると、真壁たちの向かいに座った。

「あのう、小説の取材って……うちがなにか、母と同じ病気で悩む人たちのお役に立てるということでしたけど……母のことはどこでお知りになったんですか？」

いきなり訊かれて真壁は口ごもってしまったが、脇から縁がさらりと答えた。野暮ったいメガネを外して髪を掻き上げ、澄み切った眼差しを彼女にロックオンし、白い歯まで見せている。

「お母様が通っていたクリニックを取材したとき、事故で亡くなられるまで、伴侶を得て子育てをされていたと伺いました。吉田さんのケースが同じ問題を抱える患者さんの治療の指針となっていると聞きまして」

口から出任せも甚だしいと思ったが、真壁は真顔で頷くだけにしておいた。縁の言葉に娘は戸惑い、けれど、まんざらでもない顔をして、

「子供の頃のことなので、あまりわからないんですけれど」

申し訳なさそうに言う。

「伺いたいのは『共同生活』についてです。パートナーを得ることで互いの病状を改善できた、治療のモデルケースと聞いていますが」

彼女は驚いた顔をして、

「治療……その話、初めて聞きました……あれはそういうことだったんですね」

と、静かに言った。何事か思い出すように顎に指を置き、やがて言った。

「それに関する記憶はあります。うちも本当のことを知りたいと考えていたくらいです。でも……その後が色々と、メチャクチャで……」

縁がニコニコしながら黙っているので、仕方なく真壁が訊いた。

「どうメチャクチャだったんですか？」

彼女はチラリと縁に目をやって、「ママの病気については？」と訊いた。

「存じています」

縁ではなく真壁が言うと、彼女は大きく頷いた。

「ママの死がショックだったせいかもしれないけれど、けっこう記憶が飛んでいて……ええと……その当時はまだ東京にいたんですけど」

椅子に座り直してから、彼女は指を組んで、ギュッと握った。

「うちに五歳違いの妹がいるんですけど。うち的には、父親が戻ったんだと思っていました。もともとお父ちゃんの顔を知らなかったし、あれが治療だったなんて……」

「お母様はお二人のお父様とは離婚されているんですよね？」

彼女は大きく首をひねった。

「結婚は、ちゃんとしてなかったんだと思います。もっと小さい頃には、あれは品川の、会社の寮みたいなところに住んでいて、ごはんを作る仕事をしていたってことは覚えています。職人さんが大勢いたので、寂しいとかはなかったんですけど、ある日郡山のお祖父ちゃんが迎えに来て、そのときは寮を出て、汚いアパートに住んでいました」

「『パパ』とはそこで？」

横から縁がそう訊いた。彼女は縁をじっと見て、それからコクンと頷いた。

「私……あれが本当のお父ちゃんだと思っていました。呼び方も、パパ、ママが正しいんだなって。でも、その後でお祖父ちゃんの態度を見ていると、それも違うのかなって思ったり……だから、ずっと不思議だったんです」

「どう不思議だったんですか？」

そう訊ねたのは真壁だ。

「七夕のとき、商店街で短冊を吊せるコーナーがあって、妹が、『やさしいパパがほしい』と書いたんです。それで願いが叶ったんだと、子供の頃は思っていました」

この意味がわかるかという顔で、彼女は真壁を見て、縁を見た。

「話してください」

優しい声で縁が言うと、彼女は頷き、先を続けた。

「ある日、学校から帰ると『パパ』がいたんです。母の具合がよくなくて、ギリギリの状態だったので、ほとんど疑問は持ちませんでした。助かったと安心して、ただ嬉しかった気がします」

「家に帰ったら『パパ』がいた」

真壁がそこを反芻する。

「再婚したということでなく？」

「違うと思います。名字も変わらなかったし」

「本当のお父さんが帰って来たと思ったんですね？」

彼女はまたも首を傾げる。

「はい。だって、何ヶ月……雪が降る頃までだから、三ヶ月くらいかな、『パパ』がママの看病とか、ごはんとかやってくれたんです。寝るときは本を読んでくれるとか。妹なんか喜んじゃって、学級文庫で借りてきて……そういうのは初めてで」

幸せでした。と、彼女は言った。

家に帰ったら父親がいたって、宅配物じゃあるまいし、と真壁は思う。

「うちのママはいつも具合が悪くって、家の中が暗かったんですよ。体調が悪いと何日でも寝ているし、だからうちが家の事をやらなきゃならなくて、もう、ホントに辛かったんだけど、妹と児童館から戻ったら、パーティーのごちそうみたいな匂いがして、テーブルに花があったり、ドーナツとフライドチキンが買ってあって、あと、ジュースかな――」

真壁は縁と視線を交わした。

「――そして『おかえり』って、男の人が」

「その人が『パパ』ですね。どんな人でした？」

「どんな人って……メガネを掛けた普通の人です」

「おかえりって、いきなりそう言ったんですか？　お母さんから紹介されたとかじゃなく」

「そうです。ずっと前からパパだったみたいに。ママも普通にしているし……妹と二人になったとき話したんだけど、七夕に願ったせいだよねって」

「それで？　『パパ』とはどんな生活をしたんです？」

　彼女は眉をひそめて記憶を探った。

「普通の生活ですよ……朝になったら学校へ行って」

「『パパ』は？」

「会社へ行って、夕方帰ってくる感じ。ママが動けないので『パパ』と一緒に晩ご飯の買い物に行ったり、休みの日にはお祭りとか、映画に連れて行ってもらったことも」

「厭な思い出はないんですね？」

　またも縁が静かに訊いた。

「全然ないです。そのときが一番幸せだったくらい」

「『パパ』はどうしていなくなったんですか？」

「お祖父ちゃんのせいだと思う。たぶん、妹が学校で敬老の日の手紙を書いて、それを送ったからだと思うんですけど、突然郡山のお祖父ちゃんが怒鳴り込んで来て修羅場になったというか」

「お祖父さんは『パパ』と会った？」

　頷いた。

「朝早く、ガンガンってドアを叩いて、うちが開けたら郡山のお祖父ちゃんが立っていて、ママたちの部屋へ入って、警察呼ぶぞって」

「それで『パパ』は出て行った」

「というか、帰って来られなくなったんじゃないかな。お祖父ちゃんたち、それからしばらく泊まっていたから。そのあとママが死んでしまって、私たちも郡山に連れて来られたんですけれど、あのときの話はタブーな感じでできなくなって……『パパ』はママと不倫関係だったのかとか、色々思うけど訊けなくて、個人的に戸籍も調べてみたんですけど、続柄欄は空白でした。再婚の記録もなかったです」

初めて身を乗り出して、縁は訊いた。

「もしかして、『パパ』と家族写真を撮ったりしていませんか?」

「撮りました。一緒にお祭りに行ったときとかに。でも、こっちへ来るとき、引っ越しはお祖父ちゃんたちがやったので、『パパ』の写真はないんです」

「その後、『パパ』から連絡は?」

「一度もないです。ママが死んだときもお葬式に来なかったし」

「こんな話が参考になるんですか?」

「そうなんですね……」

と、彼女は真壁を見て訊いた。

「はい。大変参考になりました」

「うちも事情が知れてよかったです。つまり、母は同じクリニックの患者さんと相互補助のために家族ごっこをしていたということになるんでしょうか」

縁は彼女の顔を覗き込むようにして真摯に答えた。

「家族ごっこというよりは、リハビリの一環だったようですね。お二人が『パパ』の登場で幸せな時間を過ごせたように、『パパ』も、お母様やお二人に癒されたのだと思います」

「もしも妹が郡山のお祖父ちゃんに手紙を書かなくて、あのまま一緒に暮らしていたら、本当の家族になれたのかな……」

縁は微笑み、「かもしれません」と、静かに言った。

「……母も死なずに済んだかも」

彼女はつぶやき、顔を上げて真壁を見た。

「編集のお仕事って大変ですね。小説は想像で書いているものだとばかり……あの、雨宮縁先生によろしくお伝えください。他社の作品だけど、うちは『サイキック』のキサラギのファンなので」

「わかりました。でも、大屋東四郎もよろしくお願いします。キサラギみたいな若いイケメンじゃないですけどね」

真壁は如才なくそう答え、彼女に礼を言って大学を出た。

キャンパスの外は昼下がりの街だ。空は高く澄み、車や人が行き交っている。庵堂が待つ駐車場まで二分ほど歩く。憤慨して真壁は訊いた。

「よくもまあ、口から出任せがペラペラ出ますね。家族ごっこを続けていたら、本当の家族になれただなんて」

「嘘も方便って言うでしょ。真実を告げても彼女の気持ちは救えない。話していて感じなかった？　彼女は母親をだらしない女と思っていたし、『パパ』も不倫相手と疑っていたんだよ。たぶん祖父の刷り込みだけど、親を尊敬できずに自分の価値を下げるのはもったいないよ」

「それはまあ、そうですけどね。……それに、なんで俺の名前を使うんですよ」

「虚実取り混ぜるとリアリティが増すからさ。真壁さんなら貫禄あるし、向こうだって黄金社の編集者となら会ってみようかと思うだろうし」

「だからって、俺に無断で」

「ごめん、謝る、この通り」

レンタカーの脇まで来てから、縁は深く頭を下げる。自分が虐めているように見えるのではと、真壁は庵堂の様子を見たが、庵堂はニヤニヤしているだけだった。

来たときと同じく後部座席に並んで座ると、庵堂は駅へ向かう途中で料理屋へ寄った。遅い昼食を取るつもりのようだ。すでに予約してあったのか、個室へ通され、縁からメニューを渡される。

「好きなものを頼んでいいから。ビールも頼む？　新幹線だし」

不釣り合いなおべんちゃらを使う。

「これでチャラにはしませんよ？　名刺を置いてきた分は、貸しにしておきますからね」

そう言って、真壁は一番高いメニューを選んだ。懐石風のランチセットだ。庵堂は同じものを三つ注文し、真壁のためにビールと冷酒も追加した。

「それにしても、なんなんですかね、さっきの話は」

仲居が席を外すと、真壁は早速縁に訊いた。

「彼女はどう言っていましたか？」

と、庵堂も訊ねる。お茶をひと口飲んでから、縁は答えた。

「『パパ』は突然、しかも当然のように家に入り込んで来たようだ」

「病気の娘を見知らぬ男に斡旋したと、両親が怒ったのはそのせいですね――」

庵堂は真壁に視線を移し、今さらのように説明をした。

「――報告書の内容が奇妙奇天烈(きみょうきてれつ)だったので、娘さんの話を聞くことにしたのです」

「俺の名前を使ってね」厭みを込めて真壁が答える。

「ま、それはともかく、話を聞いたらますますわからなくなってきましたよ」

「ぼくとしては聞いてよかった。なんとなく事件の流れがわかった気がする。犯人がどう操られていたのかも」

「ホントですか」

縁が口から出任せを言うとも思えなかったが、何がどうなったらそうなるのか、そもそも見ず知らずの人間が突然他人の家に入り込むなんてことができるのか、理解しようにも想像の域を超えている。

「吉田宏子の家で起こったことが、犯人の原体験なんだ。ビギナーズラックとでも言えばいいのか、『パパ』は最初のアタックでまんまと理想の家族を手に入れた。病弱で助けが必要な妻とかわいい娘。それを突然奪われた」

「ってことはなんですか？　娘二人は最初から、『パパ』の実子だったってことですか」

「いや。普通に恋愛できるなら、あそこまで妄想や憎悪を膨（ふく）らませたりしない。手に入らないから憧れる。憧れるから夢を見続ける。妄想して、暴走して、実行した。『パパ』の望みは理想の家庭だ。でも、恋人から始めて、結婚、出産、家族を育（はぐく）むという順序を踏むことができないから、すでにある家族を盗もうとする。ターゲットは夫不在の不幸な家だ。さっきの子の家が最初で、その成功体験が、次からの不幸を招いたんだよ」

「最初の無理心中事件では、母親も子供も椅子に拘束されていましたね――」

　庵堂が言う。

「――不和の原因は夫のＤＶで、まさに不幸な家庭です。そういえば、子供は二人とも女の子でしたよ。年齢は四歳と六歳でしたが」

「成功した家族と構成が同じだね。妄想が激しいから、最初同様に受け入れてもらえると思ったのかもしれない……そうか……まてよ」

縁は言って、宙を見た。

「その家は、もと夫からストーカー被害を受けていたんだっけ？」

「そうですね」

と、庵堂が答える。

「夫の殺害が先かもしれない」

「どうしてですか」

と、訊いたのは真壁だ。

「犯人の望みは、幸福で仲のいい理想の家族だ。自分は受け入れられる存在で、家族を守る理想の夫でなければならない。その場合、『パパ』は先ず、一家の脅威を駆逐しようとするんじゃないかな。最初に夫を拉致するか、死亡させるか……その上で家族にこう言うんだ。大丈夫。もう怖くない。悪いヤツはやっつけたから。そして自分が『パパ』になる」

「でも、受け入れてもらえなかったってことか。普通はそうだよな、ハイそうですかと受け入れられて、そこに居座れるわけがない。そいつ、やっぱりイカレてますよ」

「だから母子を惨殺したんだ。思い通りにならないから」

「どうして最初の家族の元へ戻ろうとしなかったんでしょうね。あの子、言っていたじゃないですか。とても幸せだったって。本当の家族になれたかなって」

「母親が自殺して、戻ることができなかったからだよ」

そう言って、縁は庵堂と視線を交わした。

「意味深だなあ……なんですか」

真壁が訊いた。

「帰るべき巣を破壊され、『パパ』は代わりの巣(ネスト)を探す。成功体験があるから大胆になる。それこそが洗脳実験だとしたら？」

縁の瞳が光っている。厚底メガネを通して見るそれは、人間離れしていて不気味だ。

「最初の母親は解離性障害だった。重症で働けず、子供を守ることも、生活を維持することも難しかった。生活は困窮し、未来は見えず、不安で、『パパ』が家に入り込むのに充分な土壌があったんだ。でも、そうした背景を正確に把握できる能力を『パパ』が持っていなかったなら？　あなたは不幸な家族を救ったのよと、誰かが彼に充足感を与えたら？　もともと用意周到な人物だ。恐らく『パパ』は諦めない。戻るチャンスを窺っていたはずだ。でも、ある日、その巣が突然消滅したら？」

腹が減ったと思っていたのに、食欲は消え失せた。

「……母親は自殺じゃなかったってことですか。『パパ』を追い詰めるために殺された？」

「月岡玲奈ならそうするはずだ」

縁は初めて帝王アカデミーに君臨する女帝の名前を口にした。

「導き出したい結果があってやっているわけじゃない。悪意の増幅、そして感染。筋道さえつけば人は誰でも悪に陥ると証明したいだけなんだ」

「でも、飛び込み自殺って」

「実行犯はたくさんいるし、ネットで探せる。そうとは知られず操ることも朝飯前だ」

「ええ……えー」

「代わりの家ではリスクを負った。夫を偽装自殺までさせたのに、受け入れてもらえなかった。すると、どうなる？」

まるで自分の心を探り、吐き出すような言い方で庵堂が答える。

「拒絶された瞬間は、相手を殺傷するほどの激しい怒り……我に返って怯（おび）えたのかもしれないですね。でも、警察が無理心中で決着させた」

「そのとき『パパ』は自信を持った。彼のアイデンティティは『幸せな家庭を持つこと』だったのに、新しい価値観が生まれたのかも。完全犯罪を成し遂げた。すごいことだと思ったのかも。人によっては興奮のあまり誰かに語りたくなって、実際に喋（しゃべ）ってしまう。けれどこの人物はそうじゃない。もともと人付き合いができないタイプだ。孤立して他者とコミュニケーションが取れないし、事件について話せる相手もいないんだ。それでも自慢したくなる。気持ちが落ち着き、最初の殺人を思い起こせる頃になったら……」

縁は顔を上げて、「そうか」と、言った。

「庵堂、十年前の事件現場の清掃作業をした業者を探せないかな」

庵堂は眉をひそめて、

「公営住宅ですから、業者は決まっているかもしれないですね。探せたとして、どうするんですか」

「考えたんだ。興奮の末、犯人がどうしたいのか」

そして真壁を見て言った。

「岡田さんの部屋からは七五三の写真が消えていた。さっきの彼女も写真を撮ったと言っていた。拒絶され続けた『パパ』が欲しがるものは、失敗ではなく成功の証だ。失った巣の記憶だよ。最初の事件では、犯行時や直後に余裕がなかったとしても、無理心中で決着したとニュースで知れば、戦利品、つまり勲章が欲しくなる」

「そうか……清掃業者に潜り込んで写真を盗んだかもしれないってことですね」

「そう。作業に加わった人物と、セラピーの参加者名簿を照らし合わせてみたい」

「臨時のアルバイトかもしれません」

「上手い手だと割り切って、その後もバイトをしているかもしれない」

「調べてみますか」

「ちょっと待ってくださいよ」

と、真壁は言った。

「よくもそうポンポンとサイコパスな発想ができるものですね。清掃業者？」

庵堂がかすかに笑う。

「当てずっぽうで話しているわけじゃないんです。飽くまで洗脳実験の下支えがあったと考えるなら、思考回路や行動のパターンは、案外読めるものですよ」

失礼します、と声がして、部屋に料理が運ばれて来る。冷酒は真壁の前に置いてもらい、ビールグラスも真壁に渡して、縁はそれにビールを注ぐ。冷たいビールに喉は鳴ったが、真壁の心は冷えていた。洗脳実験とはそういうことか。頭に電極をつけてやるようなものじゃないんだな。自分ではそれとわからず、他人も疑問を抱かないまま、自らの欲望に絡め取られていくなんて、恐ろしいし、おぞましい。

「食べようよ」

仲居が去ると縁が言った。

庵堂は縁のグラスにもビールを注いだが、半分ほどでお酌を辞して、縁は一気に飲み干した。豪華に盛られた会席料理に、岡田の死に様が被って見える。あの日、会社から自宅に戻った岡田の元へ『パパ』なる男が現れたとして、殺されるまでの一昼夜以上、彼女はどれほどの恐怖と戦っていたのかと。食べることのできなかったチキンや、手つかずの朝食、愛する子供を守れなかったと知った時……真壁は体中の血が怒りに滾るようだった。

箸を持ったが、なにも喉を通らない気がして、ビールより先に冷酒を空けた。さらにビールも飲み干すと、今度は庵堂が酌をしてくれた。

「先生たちは、本当に、そんな化け物と戦ってきたんですか?」

「まだ戦ってない。これからだ」

かぶら蒸しをつつきながら縁が言う。

「強敵と戦うとき大切なのは援軍だ。あと、必要なのが退却経路。準備が整うまでは決して牙を剝いてはならない。それが兵法」

「俺も援軍ってことですか」

上目遣いに真壁を見ると、白い歯を見せて縁は笑った。

「巻き込むつもりはなかったのに、そっちが火中に飛び込んで来た」

そしてまた食事を続ける。

おもむろに茶碗を取ると、真壁は豪快に食べ始めた。胃袋が空だと頭も働いてくれないからで、空の頭はすなわち死を意味するだろう。わっしわっしと食べ物を口へ押し込みながら、

「それで、これからどうするんです?」

半ばやけくそになって訊く。

「調べられることは調べたからね、あとは警察を動かすよ」

「どうやって動かすんです」

海老(えび)の天ぷらをむさぼり食っているときに、二人が自分を見ていると気がついた。

「えっ」

真壁は尻尾を吐き出した。

「また俺ですか？　どうして俺が」

「警視庁に懇意の刑事がいるんでしょ？　その刑事さん、響鬼文佳はタイプかな」

こん畜生、高い懐石ランチになりやがった。と、真壁は心で吐き捨てた。

第六章　理想的な巣（ネスト）

突然郡山まで連れて行かれた翌週のこと。会社の会議室で蒲田と新作の装丁デザインの打ち合わせをしていると、それを見ていたかのように縁から電話が入った。テーブルに並べたカバーラフを前に、蒲田が興味深そうにこちらを窺う。真壁はスピーカー機能をＯＮにした。

――清掃を請け負った業者がわかったんだけど――

縁の声には金属質の響きがあった。『サイキック』のプロットを構想中で、サイコパス設定の主人公キサラギになっているらしい。

「あっ、これ、キサラギですよね？」

得意満面に蒲田が訊（き）く。真壁は縁にこう告げた。

「先生、ちょうど蒲田くんがここにいるんですけどね」

――やあ蒲田くん。ごきげんよう――

と、キサラギは言う。

「蒲田くんにも経緯を話しましたよ。それで？　怪しい人物は拾えましたか？」

――うん、あのね、特殊清掃って、向き不向きがあるじゃない？　だから続けられそうな人がいた場合、ガッチリ素性を摑(つか)んでおくらしいんだ。モニターを盗み見たら、名簿はデータ化されていた――

「名簿が手に入ったんですね」

――そうじゃない――

真壁は蒲田と顔を見合わせ、「もらってきたんじゃないんですか」と、訊いた。

――個人情報だもの、見ず知らずの相手に出すわけないよ――

「ダメじゃないですか」

――あるとわかればクラウドに侵入すればいい。楽勝さ――

「これ、スピーカーになっていますよ」

真面目な蒲田が忠告する。真壁はすかさず音量を落とした。

――いけはた病院の名簿と照らして、怪しい人物がいたら接触してみる――

「大丈夫なんですか」

――報告するよ。それより、刑事さんとはいつ会える？――

真壁は渋い顔をした。

「向こうだって暇じゃないんで」

——でも、仕事帰りに独りで一杯やったりするだろ。その店、真壁さんは知っているよね——

「手土産なしには無理ですって」

——手土産は用意する。庵堂が人物を特定したら——

「簡単に言いますけどね」

——今週中にはナントカするよ。アナタ、真壁さん。ボクらが会えるように手配してよね——

真壁が答えられずにいると、

——いい？　そいつは雨宮縁のファンを減らした——

と、凍るような声でキサラギは言った。

——ボクがこのまま済ますと思う？——

キサラギの声と台詞には、背骨の内側を抉るような響きがある。ああ、ちくしょう、ゾクゾクするわ。真壁はブルンと身震いをし、その作品が他社から出版されていることを悔しく思った。

「わかりましたよ。先方に連絡してみます」

——高級な店でセットしてもいいからね。庵堂に言っておく——

「じゃ、先生の持ち分でいいんですね」

――いいよ。本になったら回収するから――

「予定を聞いて連絡しますよ」

真壁がようやく電話を切ると、

「え、ちょっと、ますますヤバい展開になってませんか？　なってますよね」

言葉とは裏腹に、嬉しそうな顔で蒲田が言った。

真壁との通話を終えた縁の事務所では、庵堂が盗んだ名簿データの確認作業に入っていた。

業者の人材名簿によれば、正社員はわずか四名しかおらず、あとはアルバイトで作業を賄っているようだった。その数およそ三十名。場所と時間の都合がつき、『何を清掃するか』に承諾を得られれば、その人を頼むシステムらしい。

「搬出物の処理場は、限定されているんですね」

ごく事務的に庵堂が言う。

「処理場って？」

「畳やフローリングなどの燃やせる物はまだいいですが、家具などは分別のために分解する必要があるので、業者が限られているようです。国内で数ヶ所しかない」

「そうなんだ……貴重なリストが手に入ったね」

暗い色の壁紙を貼った、八畳ほどの部屋である。広めのデスクがひとつあり、複数台のパソコンとモニターが並んで、そのうち二台に雨宮事務所の防犯カメラ映像が分割画面で表示されている。無人で、無機質で、寒々とした映像だが、庵堂が操作しているパソコンは、それよりもっと味気ないものを映していた。膨大な文字の羅列だ。

「いましたよ」

しばらくすると庵堂が言った。

「いけはた病院の名簿からピックアップした三名のうち、一名の名前がヒットしました」

薄暗い部屋に画面が光る。縁は庵堂の脇へ行き、モニターの名前を見つめた。

木頭一民(きとうかずひと)。グループセラピー参加者の名簿では品川区役所の職員となっている。モニターの光で庵堂の顔は青白い。その名をじっと見つめる縁は、もっと青白い顔をしている。

「何を考えているんです？」

と、庵堂が訊いた。

「べつに」

縁の答えに、庵堂はモニターへと向き直る。

「住所もわかります。以前も調べましたけど、登記簿謄本(とうほん)は父親名義で、同居のようです」

「覚えてる。だから被疑者から外したんだったね。犯人は独り暮らしのはずだから……」

縁は指先を顎に置き、「どういうことだ？」と、自分に訊ねた。

モニターを見たまま庵堂が答える。

「先ずは、この男が本当に『パパ』なのか、確かめないと」

「犯人なら戦利品を持っているよね」

「家に飾っていると思うんですか？　家族がいるのに？」

「たいていは飾るよ。でも、いや……持ち歩いているのかな」

「まさか」

と、庵堂は鼻で嗤ったが、縁は引かない。

「家族がいるなら、家には置けないかもしれない。だから現物は処分してデータを持ち歩いている可能性もある。初犯から十年も経つし、その後も犯行を重ねているから、経験を積んで自信を持って、傲慢になっているかもしれない。岡田さんの部屋では、殺人後に食事して、食器の片付けまでやっている。卵の殻が六個だったから、岡田さんは三人分の朝食を作らされていたんだし、警察には捕まらないという自信があるんだろう。洗脳実験の被験者が傲慢になれば、どうなる？」

「ミスする前に消されるでしょうね」

「なら一刻も早く捕まえないと、犯罪自体がなかったことにされてしまうよ」

「何を考えているんです？」

もう一度庵堂が訊く。

「やっぱり画像は持ち歩いているんじゃないかな。スマホに入れて」

庵堂はようやく振り向いた。何を考えているのか聞こうというのだ。

「岡田さんの件も無理心中で決着して、奴はいま絶好調だ。大胆になって、スリルを求めて、密かに眺めて楽しむために、写真を持っていてもおかしくない。アカウントがあれば盗み出せるけど、不正アクセスの通知が本人に行くから、警戒されて証拠を消されてもマズい」

「逮捕時にすぐ確認してもらうよう刑事に言ったらどうですか？」

「その刑事をどう動かすって話だよ。わかってるくせに」

庵堂はため息を吐いた。

「奴の住所へ行ってみますか。役所の勤務時間内なら、家には親しかいないはずですから」

愛しているよと縁が言うと、庵堂は蠅を追うように宙を払った。

山の手と下町、どちらの雰囲気も兼ね備えている品川区には、様々なエリアが混在している。特殊清掃業者の名簿で見つけた木頭の家は、かつて工業地帯だった川沿いの低地に位置しており、ここが東京かと思うほど敷地の広い一軒家や、個人住宅や、古いアパートなどが並んでいた。

木頭の家もそうしたひとつで、板塀を押し崩すような勢いで育った樹木に囲まれた、古い二階建ての一軒家だった。築八十年以上は経とうかという木造家屋は塗り壁の上にトタンが張られ、崩れそうなトタンをダクトテープで補修してあった。家の庇は歪んで凹み、一見すると廃屋のようだが、巨大な楓の下に真新しいブリキの煙突があるので人は住んでいるらしい。ブリキの煙突があるのは母屋から突き出た狭いスペースで、風呂場ではないかと庵堂は言う。

今日の庵堂は長髪を一つにまとめて後ろで結わえ、郡山へ行ったときに縁が掛けていた牛乳瓶の底のようなメガネを掛けて、灰色の作業着姿だ。縁のほうは安っぽいスーツを着込んだ青年風で、メガネだけが庵堂に移動したという作りである。

平日の昼下がり。爽やかに吹く秋風が、好き放題に伸びた樹木を揺らしている。かつては門だった場所にも雑草が伸びて、アプローチには斑に敷石の気配があった。草の隙間から敷地へ入ると、外からはもう人目につかない。囲い込まれた家は防犯上好ましくないのだが、木頭家は頓着しないのだろう。草をかき分けて玄関まで行くと、ブリキの赤いポストに『木頭』とマジックで書かれていた。

「ごめんください」

最初に縁が声をかける。開口部は広いのに呼び鈴はなく、元々の玄関をトタンで塞いでベニヤのドアを取り付けてある。ドアには窓がついているが、内側から紙が貼ってあって中は見えない。建物の窓は模様入りの磨り硝子で、やはり内側から新聞紙が貼られている。返事はなかった。

縁と庵堂は視線を交わし、「ごめんください」と、もう一度言った。

やはり誰も答えない。安っぽいドアを叩いてみる。

「木頭さん？　いらっしゃいますか？　ごめんください」

返答がないのでノブを回した。鍵が掛かっているようだ。

縁と庵堂は互いに無言で、建物に沿って敷地を回った。玄関横が台所らしいのは、窓の形状とプロパンガスのボンベで判断できる。台所の脇に突き出た部分が新しい煙突をつけた風呂場だ。風呂場が家の角であり、折れ曲がって奥に縁側がある。

「酷いな」

とつぶやいて、庵堂が先に出る。縁台は朽ち果てて、隙間から木が生えている。庭だった場所には家財道具が積み上げられて、雨ざらしになっている。布団に卓袱台、座椅子にラック、段ボール箱に入った本は何十年も昔のものだ。昭和に流行った布製のフランス人形、ダルマなどの縁起物、炊飯器、植木鉢、無残に割られた額には木頭一民が標語で優秀賞をもらったときの表彰状が入っていた。どれもが破壊されてゴミ捨て場に積み上げられたかのようだ。

「これ以上奥へは進めませんね」

庵堂が言う。縁は縁側の引き戸を探ったが、鍵が掛かっていないとしても、家の土台が歪んでいるため動かない。窓ガラスには内側から新聞紙が貼られていて、中の様子はまったく見えない。黄色く変色した新聞紙の日付は二十年近くも昔のものだ。振り返った縁に庵堂は目で語る。

これは尋常じゃないですよ。

「いいね。いっそやりやすい」

言うと、庵堂は首をすくめた。おもむろにメガネを外して上着を脱ぐと、手袋をはめながら家屋と接している木を見上げ、なにも言い残すことなく幹に取り付き、するすると登って二階の庇に手を掛けた。土台が腐っていそうで全体重は掛けられないが、片足を枝に、片足を庇に置いて窓の前に立ち、ガタガタと開けて二階へ入った。再び顔を出して何か言うこともなく窓を閉め、あたりはそのまま静かになった。

縁は庭に積もった家財道具を写真に収めた。表彰状の名前は、わざとらしくなく、けれど写り込むアングルで撮る。カビで変色した布団には、無数のシミがついている。汚物と、血液かもしれない。卓袱台には傷があり、ベニヤのラックは割れている。本は火を点っけて燃やした跡があり、蓋の開いた炊飯器には緑色になった飯が入っている。布団の下に大量にあるのは、どれも安い焼酎のビンだ。だらしなく伸びた枝に蔓がからんで、庇には古い落ち葉が溜まり、腐敗した土の臭いがきつい。軒下に黄色いキノコが生え出して、家の土台は腐っている。

「……なるほどね」

と、縁がつぶやいたとき、どこからか庵堂が戻って来た。縁からメガネを受け取って上着を着込むと、手袋を外して庵堂は言った。

「勝手口を外して脱出しました。まあ……中も想像通りの有様で、犯人は独り暮らしという推理は当たってましたね。最初の犯行で被害者の口を塞いだダクトテープは、この家の修理材料です。手先も不器用なのでしょう。至るところがテープだらけで」

「そういうことか」

「刑事への土産も手に入れました。両親は何年も前に死んでいますね。仏間に二体分の白骨がありました」

「被害家族から盗んだ写真は？」

庵堂は薄く笑った。

「ヤツは二階で暮らしているようです。花まみれの祭壇を作って、そこに写真を飾っていました。最初の犠牲者からはアルバムも奪っていたようで……吐き気がしますよ」

そう言って、撮ってきた写真の一部を見せた。

アルバムの家族写真は、父親がどれも同じアングルの、同じ大きさの、同じ顔をしていた。

「ははあ」と、縁は頷いた。

「確かにね……吐きそうだ」

家族写真の父親は、どれもがすべて木頭の顔になっていた。斑な白髪頭で額が広く、ビックリしたように大きな目、小振りな鼻と、淫(みだ)らと表現してもいいような口の持ち主。向きも、角度も、大きさも、まったく同じ木頭の顔が父親の頭部に貼られたアルバムは、異様を通り越して醜怪(しゅうかい)ですらある。

「手土産は充分。あとは真壁さん次第ってことか。帰ってもうひと仕事しておかないと」

「何をしますか」

「仕込みだよ」

口を三日月形にして、縁は庭を出て行った。

木頭の両親と会えた場合は、古いボイラーの点検作業に来たと言うつもりだった。縁が二人をひきつけている間に、庵堂が点検のため家に入って、証拠になるものを探す作戦だったのだ。ところがこの家は思った以上に壊れていた。家屋だけでなく、家族自体が初めから壊れていたのだろう。かわいい子供と貞淑な妻、穏やかで温かな家庭。それは木頭の渇望だ。渇望は欲望に、やがて狂気へと変貌を遂げ、いったいどこまで行くつもりだったのか。

……狂気が己を焼き尽くすまで。草をかき分け、門を出て、木頭邸を出るときに、頭の中で縁はつぶやく。カサカサに乾いた欅の葉が次から次へと地面に落ちて、二階建ての大きな家が、もう厭だ、殺してくれと泣くのが聞こえた。

その週の木曜日。午後七時半に出版社を出た真壁は、銀座和光へ向かっていた。縁から高級な店をセットしていいと言われたので、銀座の寿司屋か、うなぎ屋か、蟹かふぐでも食べようと思っていたのに、当の竹田は、『そんな店には行きたかねえよ。こちとら万年着た切り雀だぞ？　寿司にふぐ？　はっ、どんな面して喰えばいいんだ。んなもの喉を通るかい』と、一蹴されてしまったのだ。竹田が指定したのは、真壁ですら行ったことのない裏通りだった。

縁もそんな店は知るまいと、真壁は縁と待ち合わせることにしたのだ。

銀座という街は夜のほうが明るく感じる。闇が一旦すべてを隠して、人が見せたいものにだけ照明が当たっているからだ。今夜はどの店で憂さを晴らそうかと、仕事帰りのサラリーマンが闊歩する様を眺めていると、懸命に生きた岡田の姿や、布団に寝かされていた子供の顔が、ギリギリと胸を締め上げてくる。特に許せないのは犯人が子供の気持ちを弄(もてあそ)んだことだ。『パパ』と呼ばせて、信用させた。飴(あめ)を与えて夢を抱かせ、命まで無残に奪った。そうしてそれを岡田に見せた。

ずいぶん前にやめた煙草(たばこ)を、真壁は無性に吸いたくなった。自分でも驚くほどに、突然、犯人への激しい怒りを感じたからだ。あの光景を目にしたときにこの感情が湧(わ)き起こらなかったことが不思議だ。人はあまりにショックを受けると、心の一部が機能不全に陥(おちい)るらしい。何日も過ぎ、ようやく日常に戻れた頃、処理しきれなかった感情が戻って来る。胸ポケットに手を置いてみたが、そこに煙草があるはずもなく、真壁は「チッ」と舌を鳴らした。

「待たせたわね。ごめんなさい」

肩のあたりで声がして、真壁はギョッと飛び退(の)いた。

殺人のことを考えていたので、心臓がバクバクしている。

「大丈夫？」

そう訊ねたのは響鬼文佳に扮した縁であった。庵堂はいない。竹田がひと目を憚(はばか)ったので、真壁も蒲田には声を掛けずにおいた。

「ああ、いえ、考え事をしていたもので……」

言いながら、文佳をジロジロ見てしまう。今夜の文佳は栗色の長い巻き毛をひとつにまとめ、後れ毛が頬のあたりに揺れている。シックなグレーのニットスーツに身を包み、自慢のプロポーションをストールで隠して、ハイヒールではなくショートブーツを履いている。控えめなファッションはむしろ真壁の好みだ。いや、男はみんなそうではないか。挑発的で征服したくなる女は、こちらがギラギラしているとき以外は面倒臭いだけだ。

「真壁さんなら銀座のお寿司か、ふぐかうなぎにすると思ったのに」

ピンクのルージュをひいた唇で、響鬼文佳は微笑んだ。

「いや、俺はそうしたかったんですけどね、向こうが厭だというもので」

「フランス料理？」

一緒に歩き出しながら、真壁は手を振って否定する。

「高級な店は厭なんですって。なに着て行けばいいんだよ、と」

文佳は笑った。

「そういう考えもあるわよね」

「俺は旨いものを食う気満々だったんですが」

「残念だったわね。他の先生のときに食べたらいいわ。会社のお金で」

文佳は斜め後ろをついてくる。女の姿をしていると、つい庇って歩きたくなる。どんなに姿を変えようと、縁はわずかに足を引きずる。どこか悪いのだろうかと真壁は思う。

「それで？　証拠は見つかったんですか」

訊ねると、彼女は答えず「うふぅ」と笑った。

竹田から教えられた店は地図アプリにも登録がない。大通りの明かりも去って、巨大なビルとビルに挟まれた渓谷のような路地裏を行く。隙間は細く、首を真上に向けなければ建物の切れ目も見えないほどだ。視界に入ってくるのは剝き出しの配管ダクト、不規則に飛び出たコンクリートの壁、電線やエアコンの室外機が頭上を覆い、足下はマンホール、無数の換気扇が吐き出す温（ぬる）い風が顔面を打つ。狭すぎて並んで歩くこともできない道だ。そこにポツポツと明かりが漏（も）れる。

「すごいところを知っているのね」

文佳はつぶやき、「面白いわ」と言った。

東京に長く暮らしている真壁でも、こんな場所へは来たことがない。はたして店などあるのだろうかと思っていると、昭和初期に見たような外灯の先にＢＡＲと書かれた内照式の看板があった。

「ありましたね」

ありえないものを見たような声で真壁は言った。どんな店なのか、文佳を入れていいものだろうかと考えて、

「ちょっと様子を見て来ます」

真壁は独りで先に店内を覗いた。縦長で三坪程度しかないカウンターだけの店である。

「いらっしゃいませ」

と言ったママは年配で、自分の母親を思い出す。最奥の席に竹田が座り、他に客の姿はない。真壁を見ると竹田は「よう」と、グラスを上げた。

後ずさり、路地に立っている文佳に言った。

「ここでよさそうです」

そして文佳を先に入れる。再び「いらっしゃいませ」と微笑むママに会釈して、文佳は竹田の隣へ進んで行く。座面が回転する丸椅子は床面のコンクリートに固定されていて、座れば肩が触れ合うほどだ。文佳はストールを脱いで膝に置き、竹田の隣に腰掛けた。そのまた隣に真壁が掛けて、

「遅くなりました」

と、竹田に言った。

「自己紹介はしねえよ。そっちの自己紹介もいらねえからな」

竹田はクイッとグラスを干した。

「鉄《てっ》ちゃんは無愛想だけど悪い人じゃないのよ？　シャイなだけ」

おしぼりを渡してくれながら、ママが言う。

「お二人は何になさいます？」

「こちらの男性と同じものを」

流れるように文佳は答え、「俺も同じで」と、真壁も言った。

「あと、なんか腹にたまるものがあったら欲しいんですけどね」

老齢のママは微笑んで、

「焼きうどんでいい？」

と訊いた。選べるメニューはないらしい。寿司やうなぎが化けたにしては寂しいが、仕方ない。

「それ、お願いします。竹田さんと先生はどうですか」

文佳が首を振ったので、真壁は竹田の分と二人前を注文した。おしぼりと、ウイスキーらしきものがテーブルに置かれるのを待ってから、真壁はグラスを持ち上げる。

「では」

竹田は少しグラスを傾け、文佳は輝くような微笑みを見せた。竹田が飲んでいた液体はストレートのバーボンだった。チリチリと喉を焼きながら胃に落ちたあとで、鼻の奥をバタ臭さが抜けていく。空きっ腹に飲んではいけない飲み物だ。

「それで？　俺に話があるって？」

焼きうどんを作るためにママが厨房へ引っ込むと、調理する音に紛(まぎ)れて竹田が訊いた。初めて文佳に目をやって、視線が絡んで顔を背ける。

「お忙しいところをお呼び立てしてすみませんでした。私、真壁さんのところでミステリーを書いているんですけど」

つけ爪をした指でグラスを弄びながら、文佳はもう片方の手でスマホを出した。

「小説のアイデアを探すのに、ネットをよく見るんです」

電源を入れ、グラスから手を放す。

「竹田さんは、オカルト掲示板ってご存じかしら？」

真壁自身は文佳が何を話すつもりか聞かされていない。ただ、犯人への怒りは今も臓腑を焼いており、文佳に扮した縁の手際に興味があった。子供のことを思うと余計に腸が煮えくりかえる。

「こっちは毎日本物見てんだ。オカルトなんざ興味ねえよ」

文佳はかまわずスマホを操る。

「ネットの情報が虚実入り交じっているのは存じてます。でも、どうしても気になっちゃって、真壁さんを困らせてしまったの。ノンフィクション本の、『警視庁捜査一課殺人係』を出版したときの知り合いに会わせて欲しいと……言って」

色気を含んだ声色に、竹田は「ふん」と鼻を鳴らした。

「素人が面白半分で首を突っ込む世界じゃねえ」

「もちろん、探偵団ごっこは疾うに卒業した歳よ……でも、これを見ていただきたいの」

文佳はスマホに画像を呼び出し、拡大して、先ずは真壁にチラリと向けた。白骨遺体の写真である。薄汚くてボロボロの仏間に、着衣の白骨が二体ある。整然と寝かされているわけではなくて、白い砂の中に折り重なるように倒れている。ミイラ化した頭部に毛髪が絡みつき、血痕で白髪が固まっている。ポーカーフェイスを押し通していた竹田だが、ようやく身を乗り出して文佳が手にしたスマホを覗いた。

「なんだこりゃ……」

「フェイク画像とは思えなくって……だってほら、ここに」

と、キラキラした指先で一部を指して、二本指で拡大していく。遺体の周囲にゴミともガラクタともつかない物が散乱しているが、多いのが、青い粉が入った同じ形の段ボール箱だ。

「青いのは消臭ビーズで、最も効果の高いストロングタイプ。山盛りの白い粉はたぶん消石灰。消石灰は腐敗を遅らせるだけだから、慌ててビーズを買ったんじゃないかしら」

竹田は文佳越しに真壁を睨んだ。真壁は知らん顔をする。

「何の画像なのかと訊いてるんだよ」

「だからオカルト掲示板よ。心霊スポットに事故物件、呪いの廃墟……そういう話が好きな人たちが集う場所。少し前、そこに写真が投稿されて、悪戯とも思えないから竹田さんに見てもらおうと思ったの。当然バズっているんだけれど、サイト自体が閉じられているから他のSNSにはまだ流出してないみたい」

「くだらねえ。どっかから引っ張って来た画像だろ？　過去の現場写真とか」

文佳を挟んで真壁も言った。

「あからさまに遺体が写った画像なんかは、海外のものだとネットで拾えますがねえ。これはどう見ても仏間じゃないですか。日本だと現場写真の流出なんかあり得ないんじゃ」

「投稿者は『オバケ屋敷に入ってみたらマジモンだった』ってタイトルで投稿してるの。このサイトよ」

文佳はスマホを操作して黒々とした画面のサイトへ飛んだ。長い指でスクロールして、眉をひそめた。竹田より先に真壁に見せる。

「やだ……新しい画像がアップされてる」

それは萎れた花で囲まれた祭壇の写真であった。飾られているのは丸めた白飯に挿した何枚もの写真だ。すでに干からびて干し米のようになったものもあり、まだ白米の雰囲気を残しているものもある。ペラペラした写真を立てておくために飯を利用したものらしい。どれも家族写真で、同じ父親が写っている。同じ大きさの、同じ顔……。

「ああっ！」と、真壁は大声を上げた。

「え。なに？」

厨房でジャージャーと音を立てていたママが、暖簾をめくって顔を出す。

「すみません。こっちの話で」

真壁は謝り、ママは再び引っ込んだ。

真壁は興奮して席を立ち、竹田の後ろへ行って文佳のスマホを受け取った。竹田の背後から腕を伸ばして、一番手前の写真を指す。紋付き袴の男の子、白いスーツの母親と、顔の部分だけが不自然な父親の、それは岡田の家から消えた七五三の写真であった。

「竹田さん、これ、この女性を見てください。うちのパートで……」

その先は声を潜める。

「無理心中した人ですよ」

竹田は食い入るように写真を見つめた。

「なんで父親が同じ顔なんだ」

「刑事さん。よく見て、これはコラージュよ。顔だけあとから貼り付けたんだわ」

「気持ち悪いな、なんだってそんな真似を」

「ていうか、岡田さんの写真がどうしてオバケ屋敷にあるんだよ。え？　竹田さん。俺が前に電話したじゃないですか、あれ、覚えていますよね」

煽るように真壁が言うと、

「……あんたが言ってた無理心中か。だけどこれはもと亭主の家じゃねえんだろ？」

「これはただのオカルトサイトですけどね、俺があのとき思ったのは」

「無理心中を装った他殺だってんだろ？　くそったれ」

竹田はスマホを取り上げて、
「これ、全部見るにはどうやるんだよ」
と、真壁に訊いた。脇から文佳が手を添えて、竹田の指で操作する。
サイトでは投稿写真の下に掲示板利用者たちのコメントが並んでいた。
——げげえ、きもっ……旦那が全部同じ顔とか
——アイコラならぬチチコラだよな
「ここで喋ってるのは日本人なのか？」
眉間に深く縦皺を刻んで竹田が訊く。「日本語とは思えねえなあ」
——マジこえー　観に行きてー　場所を教えて　エモい人
——品川某所としか……すまん
——それでも教えて　エロい人
——これ投下　自分で探せばいいのでは
直後に別の画像がアップされている。落ち葉だらけの薄暗い庭に、ガラクタや家具が山積みされた写真である。URLのリンクが張られているので文佳が指先でクリックすると、より鮮明な画像が現れた。シミだらけの布団の奥に、割れた額に入った表彰状が見てとれる。
「名前」と、真壁がつぶやいた。

「そこ、名前が読めるんじゃ？　布団の奥に見える額ですよ、そう、そこ、表彰状の」

竹田の背後から手を伸ばし、画像をズームして真壁は言った。木頭一民と書いてある。

「……なんて読むんだ？　珍しい名前だな」

「そうね。調べたらわかるかしら？　写っているのがどの家で、死体が本物なのかどうかも」

文佳が言ったとき、焼きうどんが運ばれて来た。

「あら、なあに？　秘密の話？」

言いながら竹田の前にひと皿を置き、真壁の席にもうひと皿を置く。真壁が席に戻って来ると、ママはそれぞれに割り箸を配って、「どうぞ」と言った。竹田はまだスマホを見ている。

「なあに？　隣が美人だとガッつかないのね。あなた、お仕事は？」

訊かれて文佳は微笑んだ。

「してます。どうして？」

真壁は早速割り箸を割ったが、竹田は懸命に文佳のスマホを操作している。

「うちで働いてくれたらお客さんが増えそうだなって思ってさ」

「嬉しいわ。お願いするときもあるかもしれない」

「そう？　いつでも待ってるわ。鉄ちゃん、私も一杯いいかしら」

「飲め飲め、今夜は真壁の奢り(おご)だ」

そう言ってから、竹田は文佳を見て訊いた。

「この画像を俺が見るにはどうしたらいいんだ?」

「URLを送るわ。刑事さんのスマホに」

「ガラケーなんだが」

「では、送ったURLでネットから。画像は早々に消されてしまうかもしれないから、こちらで保存しておきましょうか」

「そうしてくれるか」

「送り先を教えてくださる?」

「真壁に訊いてくれ」

そう言うと、竹田は次のバーボンを一気に呷(あお)って立ち上がった。

「鉄ちゃん、焼きうどん食べないの?」

ママが訊くと、長髪のおかっぱ頭を振り乱して言った。

「ママにやるよ。真壁の奢りだ」

そして文佳の肩に手を載せた。

「作家ってやつはまったく……」

「行っちゃうんですか? 旨いのに」

口にうどんをぶらさげて振り返る真壁に手を挙げて、

「すぐに送れよ」

そう言ってから、竹田は足を止めて声を潜めた。

「他へリークはナシにしとけよ。ひとつ借りだな」

「貸しは早めに返してくれないと複利ですよ。情報待ってますからね」

竹田はケッと息を吐き、答えもせずに出て行った。

「彼、鉄ちゃんって名前なのね」

文佳が訊ねると、ママは焼きうどんを引き寄せて笑った。

「ここでそう呼んでるだけよ。武田鉄矢(たけだてつや)に似ているからね」

空になったグラスの脇に文佳のスマホが置かれている。竹田の指が懸命にスワイプしていた画面はすでにブラックアウトして、縁の満足げな笑みが映り込んでいた。


そのあとさらに何杯かバーボンを飲んで、真壁と文佳が店を出たとき、無尽蔵(むじんぞう)に増殖して街からはみ出た内臓のような路地裏にも、けっこうな数の酔客が紛れ込んでいた。血管のように絡まり合った電線が乏しい明かりに時折浮かび、同じ光が地面を照らして、マンホールの蓋だけが仄(ほの)白く光っている。酔っ払いの甲高い声、換気扇が吐き出す脂の臭い、いつの時代に紛れ込んだかと錯覚させる空間は不思議と竹田に似合う気がした。

「焼きうどん、旨かったですよ」

文佳を従えて歩きつつ、真壁は酔いが回ったなと考えていた。

「それにしても、あんな写真をよく見つけましたね。ネットって怖いなあ。ママさんがいたから話さなかったけど、見た瞬間にゾッとしましたよ。先生が前に言ったじゃないですか。七五三の写真は犯人が、戦利品？　として持ち帰ったと。それをまさかオカルト掲示板が……」

「あれは仕込みよ。刑事さんへの手土産ね」

「へ？」

立ち止まった途端にぐらりとして、文佳に腕を支えてもらった。

「酔っているから私の話を忘れていいわ。画像をアップしたのは庵堂よ」

「酔いが醒めてきたな……」と、真壁は言った。

「どういう意味です？」

錆(さ)びた排気ダクトの下に体を寄せて、酔っ払いをやり過ごしてから、縁は言った。

「清掃業者のアルバイトリストと、いけはた病院のセラピー参加者名簿を照らし合わせたのよ。そして一人を特定した。十年以上前からセラピーに参加しているアカデミーの信奉者で、品川区役所の職員よ。十年前には地域福祉部、現在は子ども生活部に勤務している」

　真壁は目を剝いた。

「そいつが『パパ』ですか」

「名前は木頭一民で、住所と電話番号が清掃業者の名簿にあったから、自宅の登記簿謄本を調べたら、土地と建物は父親名義になっていた。そこで庵堂と家に行ってみたというわけよ」

「嘘だろ……なんて危険な真似を」

「だから忘れていいと言ったじゃないの。親たちはともに死んでいた」

「まさか親まで殺していたとか」

「白骨化していて死因まではわからない。でも建物の荒れっぷりは尋常じゃなかったわ。竹田刑事が現場へ行けば、少なくとも両親の死体遺棄と、年金の不正受給で聴取できると思う」

「あの写真がそれなんですね。岡田さんの七五三写真も」

「そう。二階の自室に祭壇を作って飾っていたみたい。アルバムもあったというわ。父親の顔をすべて自分と差し替えていた。身分証明書の顔写真をコピーしたやつで。美的センスがゼロなのか、それ以外に写真を撮る機会がなかったか」

　縁は数歩歩いてから、「竹田刑事は優秀かしら?」と、訊いた。

「天下の赤バッジ様ですよ？　優秀だから捜査一課なんじゃないんですかね」

「そうだといいけど」

　真壁は縁の前に出た。

「自宅を捜索すれば白骨体が出るんでしょ？　当然ながら不気味な写真についても調べますよね。そうでなくとも竹田さんには、俺から殺人じゃないかと言ってあったし」

「言ってあったのね？　真壁さんが」

　文佳の顔でニッコリ笑う。

「まあ……俺はもと旦那が犯人説だったわけですけどね。でも、誰が想像しますか？　見ず知らずの人物が、ある日突然家庭を奪いにくるなんて。普通は考えもしませんよ」

「そこを言いたいわけじゃないのよ。逮捕までにどれくらい時間が掛かるかしら、と考えてるの」

「そりゃ……どうですかねえ」

　真壁を見上げて指を立て、ポケットからスマホを出して画面をニットの袖で拭き、縁はどこかへ電話した。

「私よ。ええ。刑事は本庁へ戻ったわ。今？　真壁さんと一緒――」

　見上げる瞳に外灯が映り込む。庵堂に電話していやがるな、と真壁は思った。

「――渡せるだけの情報は渡したけれど、どれくらいで回収してもらえるかはわからない。ええ……そうね……仕方ないわね……真壁さんには私から話すわ」

これ以上まだ何かあるのかよと真壁は思い、思いながらも興味を持っている自分を知った。竹田が動いたからといって手を引いてしまうのは、メインディッシュがくる前に高級レストランを出るようなものだ。文佳が通話を終えるのを待っていると、彼女は時々上目遣いにこちらを見ながら、小さく頷いて電話を切った。

「何かありましたか？」

「あるの。懸念がふたつ」

暗い路地裏に男と女。二人を知る者はなく、酒の匂いが漂っている。色が売り物の小説ならば、この先行く場所は決まっているのにな、と思ったりする。

「ひとつ。あいつはもう、次のターゲットを決めているのよ」

ところが文佳がするのは色気のない話だ。

「ふたつ。早く竹田刑事に捕まえてもらわないと、あいつが消される」

ええっ、と声を上げる気力はもうなくて、真壁は、

「マジですか……」とため息を吐いた。

「マジよ。そこで相談だけど」

黒々と夜に染まった路地裏で、文佳の美貌は輝いている。それが紛(まが)い物の美だとして、この空々しい女を輝かせる源はなんだろう。

それこそが縁の魔性で、本性で、聴衆の目にも光り輝くヒットの鍵だ。

真壁の心に計画が浮かぶ。ハンターシリーズをヒットさせられたなら、縁のノンフィクションでもう一発当てる。それができたら本望だ。俺はそのためにこの仕事から選ばれたのだと。

第七章　チーム縁のトラップ

木頭の家に侵入したとき、庵堂は夥(おびただ)しい書類のコピーを目にしたという。それは不気味な祭壇の前に、段ボール箱に入れて置かれていた。名前を殴り書きしたメモ。支援を必要とする世帯が個別情報を記載する申込書。名簿のコピー。

名簿には赤丸や×印がついていた。

「いずれにしても敵の正体が割れればこっちのものです。勤め先周辺の防犯カメラ映像をハッキングして監視しましょう」

パソコンを操作しながら庵堂は、首を回して骨を鳴らした。

「いいのか悪いのか、あらゆるデータが集約されて一元管理される世の中は……」

「吉とも出るし、凶とも出るね」

薄暗い件(くだん)の部屋で、縁は庵堂が集約システムにアクセスするのを見守っている。ほとんどの人が疑いもなく他人の倉庫に情報を預ける。地面に穴を掘って侵入するイタチや、空間に漂うウィルスや、ずさんな考えの管理人に鍵を預ける可能性を考えもせずに、人はシシステムを信用する。システム。システム。システムだ。帝王アカデミーは人間に備わったシステムを解析し、そこに侵入したがっている。大義名分のためではなく、単なる興味と快楽のために。

「大丈夫ですか？」

と、庵堂が訊く。そして背中でこう言った。

「あとはやっておきますよ。薬を飲むのを忘れずに」

縁は無言で部屋を出た。薄暗くて長い廊下の向こうに微かな明かりが差している。ほとんど外光を入れない造りの建物も、窓さえあれば光は入る。日が昇り、日が暮れて、様々に変化する外光を人は野天でコントロールできない。先の明かりをしばし見つめて大きく息を吸い込んでから、縁は静かに歩き出す。

金曜日の午後四時近く。

蒲田は下町の面影が残る都内某所をウロウロしていた。手のひらに隠しているのは母子の写真で、もう片方の手に一枚のチラシを握っている。夕食の買い物に出た主婦や、犬の散歩をする老人、自転車を引いて歩く夫婦や、集団で家へと向かう学生たち。様々な人が行き交う雑踏に、蒲田はやがて写真の母子の姿を見つけた。

頭の中で縁の電話を思い出す。

数日前。黄金社のロビーで別の編集者と販促用のパネルデザインについて打ち合わせしているると、真壁が来て、帰りにデスクへ寄って欲しいと言った。言われたとおりに編集部へ行くと、なぜかビルの外側に備え付けられた非常階段へ連れて行かれて、電話で縁と話すように言われた。

「ぼくが電話するんですか？」

いや、俺がするよ、と真壁は言って、スピーカーホンにセットする。電話に出たのは響鬼文佳で、早くも次のターゲットが決まったようだと言うのであった。

「早くないですか？　真壁さんの知り合いが亡くなって、まだひと月も経ってませんよ」

蒲田が言うと、文佳は答えた。

――今回はターゲットが犯人自身なの――

「え？」

意味がわからず真壁を見ると、

「犯行に慣れすぎたから間もなく消されるだろうって、先生は言うんだよ」

取材中の事故。通勤中の飛び込み。泥酔して陸橋から転落。車ごとダムに落ちて行方不明……蒲田は、自分と真壁がそのように消されていたかもしれないという縁の言葉を思い出した。

――不法侵入中の事故にするのが手っ取り早いと思うのよ。そうすれば、万が一どれかの事件が殺人だったとわかったときも、木頭だけに罪を押しつけて解決できるわ――

「不法侵入中の事故ってなんですか？」

――木頭は事前にターゲットをリサーチするわ。岡田さんの子供とキャッチボールしていたこともそう。ごくごく自然に近づくの。庵堂が彼の自宅へ侵入したとき、岡田さんと同時期に候補に挙げた母子の名簿が見つかって、最近の彼の行動から、その中の一人にターゲットを絞っていることがわかったの。木頭自身を消すために、アカデミーが犯行を急がせているのよ――

「犯行を急がせるって、どうやって」

そう訊ねたのは真壁である。

外階段はビル風が強く、心許ない真壁の髪が薄のように揺れている。

――木頭は別れた夫の動向からターゲットにする母子を選び出す。DV、モラハラ、依存症などで警察沙汰になった人物はセラピーを受けるように勧められることがあるから、グループセラピーで先ずは夫と親しくなって、その家族の背景を知るのよ。罪をなすりつけることが可能か、コントロールできる相手かを知ってから、奥さんと子供を探る。犯行の間隔が空くのは条件に合う相手がなかなか見つからないからで、獲物が目の前にいたら、つまり、アカデミーがターゲットを仕込んでしまえば、彼は狩らずにいられない。いつだって飢えているわけだから――

「条件に合う相手って？」

訊いたのは蒲田だ。

――父親がアルコールや薬物の依存症で、母子が御しやすい性格である。もしくは岡田さんのもとご主人のように、父親が別れた妻子への興味を失っている場合もターゲット候補ね。妻子に近づいても邪魔されないからよ。さらに、妻子を無理心中に巻き込んでも不自然ではない、モラハラやＤＶの過去があるとか、そんなところだと思うけど……木頭自身が自分にコンプレックスを持っているから、家族になった場合に、自分が父親として強く立派に見える相手を獲物にしたいのよ――

一呼吸置いてから縁は言った。

――ターゲット候補者の一人が婚活サイトで男性と交際を始めたの。木頭は彼女を岡田さんと並ぶ候補に挙げていて――

「虫がつく前に奪おうってことですか」

真壁が訊いた。

「うわ、そうなんだ……離婚したばかりで、もう次の人を探すんですねえ」

蒲田は静かに感心している。

――フェイクニュースかもしれないけどね。木頭だけがそう思わされればいいわけだから。アカデミーは洗脳実験の相手を熟知している。精神構造も、行動パターンも、その人物ならどこを刺激すれば何を始めて、どう決着させるかも。被害者は全員公営住宅に住んでいたから、自分で付け替えない限りは共用の鍵が使えるし、勤め先も生活様式も把握しているから、木頭は留守宅に侵入して盗聴器を仕掛けたり、間取りや配置を確認したりして、犯行時のサプライズを演出できる。被害者たちのテーブルにあったブーケを見ると、深紅のバラ以外のチョイスは母親好みのカラーになっている。カーテンの色、もしくは下着の色とかで花を選んでいるんだわ――

「え。じゃあ、なんです？　次の犯行では、調子に乗った木頭がターゲットの家に侵入して母子を殺害しようとすると、木頭自身も死ぬように仕掛けがされるというわけですか」

――たぶん――

「それをどうやって防ぐんですか？」

――あなたたち二人に協力してもらって――

文佳は笑う。

「協力って言われても……なあ？」

真壁は蒲田に同意を求めた。

「そうですよ。ぼくたちにできることなんて」

――それがあるのよ――

互いに厭（いや）そうな顔をして、真壁と蒲田は視線を交わした。

そして、それが今日なのだ。道に迷ったふうをしながら、蒲田は母子に近寄っていく。響鬼文佳の言うとおり、母親は小柄で華奢で、子供は小さな女の子だ。縁邸で見せられた心中写真を思い出し、この人たちがあんな目に遭うのは許せないと、蒲田は思う。

「あの、すみません」

声をかけると、母親は怯（おび）えた目を向けた。

「……はい」

「すみません。この近くに『のぞね書店』という本屋があるはずなんですが、ご存じないですか」

蒲田にこの役を頼むのは、チームの中で彼だけが人畜無害な雰囲気を持っているからだと縁は言った。蒲田さんを警戒する人はいないからと。

手のひらに隠していた写真をポケットへ入れ、蒲田はもう片方の手に持っていたチラシを彼女に見せた。可愛らしく、楽しげで、いかにも子供が興味を惹くように、デザイナーとして精一杯作った一枚だけのチラシである。

『こどもあつまれ！　絵本よみきかせ　だれでも無料　のぞね書店』

カラフルなチラシに、子供はすぐさま食いついた。つま先立ちになってのぞいてくる。

「聞きに行くんですけど、場所がよくわからなくて」

「のぞね書店さんならすぐそこです」

「助かった、どこですか？」

蒲田はチラシを子供に手渡した。

「絵本すき？」

と、訊くと、頷いた。

「はらぺこあおむし」

女の子はそう言って微笑んでいる。とても可愛らしい子だ。

「本屋さんで、絵本の読み聞かせなんてやってるんですね」

「紙芝居とかもするようですけど、ぼくの友だちがやるのは初めてなので、応援に行こうと思って」

母親は子供を見下ろし、次に蒲田を見て訊いた。

「誰が行ってもいいんでしょうか」

「そうみたいです。むしろ、誰もいなかったら残念ですよね」

チラシを握りしめる子供の手を引いて、母親は言った。

「すぐそこなので、ご案内します」

「うわ、ありがとうございます。助かりました」

子供が蒲田に手を伸ばす。

その小さな手を優しく包んで、蒲田はのぞね書店へ向かった。

書店では、かつて雨宮縁の営業担当だった飯野が臨時の絵本読み聞かせ会を開催してくれる手はずとなっている。母子を危険から守るため、木頭を捕らえるまで二人を書店に足止めするのが、蒲田と飯野の役目なのだ。ここから先は飯野の読み聞かせ技術にかかっている。

頼みますよ雨宮先生……。

心のなかでつぶやきながら、蒲田は夕暮れの街を書店へ向かった。


同じ頃。真壁のほうは縁と庵堂に連れられて、その母子の家へと向かっていた。

二人が行政から斡旋された住まいは、古い戸建ての公営住宅だ。三年後に一帯の取り壊しが始まる予定で、事情を持つ区民に二年間の条件付きで貸し出されたものだという。木造平屋建ての1LDKは、とりあえず暮らすには充分な広さだが、現場へ近づくにつれ、真壁は時代をタイムスリップしたような錯覚に襲われた。

「東京は、うっかりこんな場所が残っているから侮(あなど)れないわ。ビックリよ」

そう言う相手はデニムパンツにセーターという、珍しくもラフな服装の文佳で、数歩遅れて庵堂が続く。何が起こるかわからないので、動きやすい服装にしたらしい。

「蒲田さんなら写真に撮りたい風景でしょうね。ええと……木頭が狙っている家は……」

文佳は一帯を見回した。

同じような建物は全体で十軒以上はあったようだが、朽ち果てて取り壊された分はそのまま空き地となっている。現在使われているのは四軒のみで、うち一軒は空き家のようだ。まばらな家々は細い道路と荒れ地の間に遺物のように残されている。家の周囲は板塀が巡らされて内部が見えず、玄関側には窓がない。どの家も表札がなく、庭に置かれた古タイヤや、漬け物樽や、錆びた自転車などから住人を推測するほかはない。

「本当なら襲われる母子に化けて来たかったのに、残念ね。容易いと思っているところを反撃して、ギャフンと言わせたかったわ」

髪を掻き上げながら文佳がつぶやく。

「顔や姿勢は変えられても、体格は無理ですからね」

後ろで庵堂がそう言った。

「先生は小柄じゃないですもんね」

「真壁さんも子供に化けられないしね」

軽口を叩きつつ、文佳は一軒の家へ顎をしゃくった。庭にも、家の周囲にも、なにも置かれてない家だ。前の住人が残したらしき物置だけが、ボロボロのまま玄関脇に立っている。扉が壊れて閉まらないようで、隙間から中が丸見えだ。

「どうしてあの家だと思うんですか」

　真壁が訊くと文佳は言った。

「物置に段ボールがあるからよ。まだ新しいわ」

「引っ越しの跡でしょうね」

　庵堂も言う。

「あ。家に明かりが点いたわ。また消えた」

「中に犯人がいるんですね。気持ち悪いなあ。他人の家で何をやっているんだか……まさか、もうフライドチキンと花束ってわけじゃないですよね」

「わからない。どちらにしても不法侵入中ってことよね」

「家に入れば俺たちも不法侵入ですけどね」

　真壁が言った。

「一時間もすれば母子が帰ります。どうします？　ヤツが出てくるのを待ちますか。それともいっそ踏み込みますか？」

　庵堂が訊く。

「どんな顔で他人の家に入るんですよ？　それに……」

　真壁が先を言いあぐねると、文佳は首を傾げて訊いた。

「家に入れば、相手がいきなり襲ってくるんじゃないかと思う？　それは、たぶん、あり得るわ。だって彼は怒りを抱いているんだもの。母親が自分以外の男と交際を始めて、裏切られたと感じている。フライドチキンもブーケもなしに、殺しにくるかも。ああ、そうだ」

文佳は真壁を見上げて言った。

「気をつけてね。彼は他人を威嚇（いかく）するのに充分な、鋭い両刃のナイフを持っているかもしれないわ」

「えっ」

真壁はわずかに体を引いた。

「何でそんなことがわかるんですか」

「母親をコントロールするためよ。無理心中に見せかけるため、実際の犯行は家にある刃物を使うとしても、脅すときにはそっちを使うの。よく光って、刃が長く、グリップに滑り止めがついているナイフを子供からは見えないように頭上にかざす。相手を恐怖に陥れて反抗できなくするためよ。なぜ、私にそれがわかるかと言うと……」

私だったらそうするから。と、文佳は言って真壁に笑った。

「大丈夫。木頭は小柄で身体能力も高くない。ただし、キレたら凶暴だから気をつけて」

ボロい平屋が恐怖の館に見えてくる。

気をつけてって言われてもなあ……真壁は考え、上着を脱いで腕に抱えた。

いつだったか、竹田刑事と話をしたとき、凶器を持った相手と戦う場合は、近づかせずに上着を腕に絡めるなりしてブツを叩き落とすのが得策だと聞かされたことがある。刃物が刺さらないよう靴を脱いで使うのも手だが……ていうか、なんで俺がそんな心配をしなきゃならんのだ。真壁は下腹に力を込めて、ベルトの穴をひとつだけ詰めた。

「庵堂さん。なかに木頭がいるのは確かでしょうね？」

「確かです。午後三時過ぎに最寄り駅で木頭のＩＣカードが使われていますし、あちらの角の防犯カメラに木頭がここへ向かう姿が映っていました。花とチキンは持っていませんが、黒いリュックを背負っていたので、何か企(たくら)んでいるのでしょう。通常はリュックではなく鞄を携帯していますから」

「通常とは？」

「通勤時と、仕事で外回りをするときです。木頭は五十二歳になりますが、役職は主任です。部署も木頭一人だけ。雑務のような仕事をさせられていますが、上司の課長は三十代で、木頭のほうが年上なので、わりと自由が利くのでしょう。よく外回りに出ているようです。子供と接触したり、ターゲットを追跡するには好都合ですね」

「そんなこと、どうやって」

言いかけてから、取材であの手この手を使う自分と同じだと考えた。一般人がそれをするから不思議なだけで、庵堂と縁が一般人であろうはずもない。抱いた上着からスケジュール帳とスマホを出して、真壁はそれをズボンのポケットに移した。

「さて。じゃ、作戦は？」

振り返って文佳に訊ねる。彼女は豪華な巻き毛を首の後ろへ掻き上げた。

「私が母親、真壁さんは交際相手よ。堂々と自分の家へ帰りましょ」

「それだけですか？」

「そうよ？　事件を起こすのは向こうだもの。出方を見ないと」

「庵堂さんが踏み込んで、一撃必殺でやっつけるんじゃないんですか？」

訊くと縁はニタリと笑った。

「ダメよ。庵堂は外にいてもらう。そうでなければ自白を取れないし」

「自白なんていらないじゃないですか。警察に引き渡せばいいんでしょ」

「私たちの不法侵入は？　なんて説明する気なの？　それに、自白は取材として必要よ。書くときには一番おいしいところじゃないの」

「だって危険じゃないですか。庵堂さんは強いんですよね？」

「だからよ」

と、縁は両目を細める。扉の壊れた物置の前で、庵堂はポーカーフェイスを決め込んでいる。

「庵堂の出番は最後の最後よ。なぜって、相手を殺してしまうかもしれないじゃない」

本気なのか、冗談なのか、後方に庵堂を残したまま、文佳は真壁の腕に片手を滑り込ませてきた。しなだれかかるように押して、歩き始める。

「母子が帰って来るものだとばかり思っているから、私たちを見たら驚くわ。見ものよね」

「え……いや……ええ……」

粗末な玄関が近づいて来る。

先ほど消えた部屋の明かりは、再び点く気配もない。

後ろは空き地で、隣も空き地、反対側は空き家である。

板塀から玄関までわずか数歩。入口の木製扉は風雨にさらされ、化粧ベニヤが剝げかけている。わざと足音を立てて進むと、文佳はポケットからハンカチを出し、鍵を開ける素振りでカタカタと玄関扉の取っ手を鳴らした。

思った通りだ。鍵はかかっていない。

「あら？　へんね」

わざとらしくそんなことを言う。

敵は母親の声を知らないのだろうか。母子ではない誰かが帰ってくる可能性を考えないのか。真壁の思考は凄まじく巡り、心臓が激しく鼓動を打った。扉の取っ手をハンカチで握って、『行くわよ』と言うように真壁を見てから、文佳はおもむろに引き開けた。

誰もいないし、襲ってこない。

玄関は半畳程度。床はコンクリート製で、脇に備え付けの下駄箱があり、上がり框は木製で、左がダイニングキッチン、右にトイレと水回り、キッチンの奥にもう一部屋あるようで、そこは襖が閉まっている。

「うそ……どうして……？」

施錠を忘れたかのように空々しくつぶやいて、文佳は真壁に視線を送る。コンクリートの三和土を見ろと言うのだ。三和土には、子供用のサンダルと母親のフラットシューズが丁寧に揃えて置かれている。置き方も、向きも、配置も、岡田の家で見たままだ。次に縁が指さす場所に、男物の靴が一足、スーパーの袋に入れてある。玄関を入ると背中側になる頭上の棚だ。振り向かなければ見えないし、小柄な母親の視界には入りにくい。

文佳は真壁の前に出て、疑う素振りもなく靴を脱ぐ。止めようと伸ばした真壁の手を押しやって、上がり框のスリッパを履く。そして廊下を進んだときに、突然、音を立てて襖が開いた。

「こいつ、男漁りしやがって！　俺を舐めてんのかっ！」

怒号と共にいきなり腕を摑まれて、文佳の姿は襖の奥へと消え去った。

「先生！」

片足を上がり框に引っかけるようにして、真壁は靴を脱いで廊下に立った。

「やめて、放して！」

「死ね、殺してやる、死ね！」

勇敢にも上着を右腕に巻き、真壁は襖の奥の部屋へと駆け込んだ。長くて光るナイフが畳にグサリと刺さっている。部屋の広さは四畳半。カーテン以外何もない。そこに文佳と男がいて、床でもつれ合っている。男のメガネはぶら下がり、見ているうちに畳に落ちた。文佳は長くて豪華な巻き毛に視界を奪われ、男の腕を掴んではいるが、自分も髪を掴まれているので決定的な一打を打てないようだ。組んずほぐれつ四畳半で格闘している。真壁は焦り、腕に巻いていた上着をほどいて、それで男の顔面を覆った。文佳はおもむろにウィッグを脱ぐや、まだ髪を摑んでいた男の腕を、逆方向へと捻り上げた。

「うぎゃああ！」

男は凄まじい悲鳴を上げた。

文佳はもう片方の腕も捻り上げ、奪われたウィッグを引き剝がす。

「真壁さん、背中に乗って！」

賊の顔面に上着をかぶせて鯖折りしながら、真壁は背中に馬乗りになる。

「いいわ。こっちを見ないでね」

そう言うと、文佳は背後に消えてしまい、両腕が自由になった男は闇雲に腕を振り回して大暴れを始めた。庵堂はまだ来ない。

「先生！　早くしてくださいよ！」

「せっかちね」

戻って来た文佳は男の右腕を踏みつけて、真壁の上着の上から頭に強烈な一撃を見舞った。さすがに肩で息をしながら、呻く男の頭上で囁く。

「私たちは命の恩人なのよ？　あなたにはわからないでしょうけど」

「なんだ、誰だ！　放せ、畜生、お前は誰だ」

文佳はこれ見よがしにため息を吐くと、外に向かって庵堂を呼んだ。そのために外で準備していたのか、庵堂は引っ越しの梱包に使われていた紐を長く結び合わせて持って来た。真壁の背後で木頭を跨ぎ、真壁をどかし、真壁を背中に乗せたまま、両足首をグルグルと縛りあげ、次には膝をL字に折って真壁をどかし、後ろ手に縛った腕と足首を結んでしまった。涼しい顔で両手についた汚れを払う。すべてが終わったのを見て取ると、文佳は乱れた髪を振りさばき、唇からはみ出たルージュを拭った。

「ナイスだったわ、真壁さん。鍛えてる人は違うわね」

お世辞程度にそう言って、庵堂が手袋をしていたか確認する。

床に転がされて木頭は叫んだ。

「お前ら！　訴えてやるぞ、ほどけ、放せ、人殺し！」

上着をかぶせられたままなので表情は見えないが、ツバを飛ばしまくっているだろう。文佳は男の背骨を踏みつけて、やおら上着を剝ぎ取った。充血した男の眼が文佳を捉え、

「だれ……？」

と、弱々しく聞いたとき、ニヤリと笑って文佳は言った。

「人殺しはおまえだ妄想野郎……子供まで手に掛けやがって……生きて娑婆に出られると思うなよ……」

激しくドスの利いた大屋東四郎の声だった。男は突然静かになると、

「うわ！　こいつ、失禁しましたよ」

真壁は飛び退き、慌てて上着を回収した。必死すぎて何も考えられなかったが、絶対に涎がついたはずだ。広がる尿の臭いに噎せながら上着を広げて確認していると、けたたましいパトカーのサイレンが近づいてきた。顔を上げ、真壁は叫んだ。

「あ、また、畜生っ！」

家の中にも、開けっぱなしの玄関から見える庭にも、文佳と庵堂の姿はない。

真壁は怒りで地団駄を踏み、しばらく気持ちを落ち着けてから、畳に抜け落ちたウィッグの髪を拾い集めた。木頭は蒼白になったまま、死んだように一点を見つめている。本当に死んだのかな？　と思って顔を覗くと、眼球が動いたので放っておいた。

そのときだった。真壁は四畳半の片隅に瀟洒な七宝細工のピルケースが転がっている

のに気がついた。拾い上げて中を見ると、錠剤が入っている。格闘したとき文佳が落としたのだと直感し、真壁はそれをポケットに入れた。

間もなく駆けつけて来た警察官らは真壁に対して慇懃で、わずかに遅れて到着した竹田刑事も、真っ直ぐに真壁の元へ駆けて来た。

「おう！　編集さん。無事だったか」

「ええ、まあ」

竹田は床に転がる木頭を見下ろし、

「あんた、格闘技かなんかやってたのかよ――」

おかっぱ頭を振りさばいて訊いた。

「――電話もらって助かったよ。この家の連中はどうした？」

「まだ帰って来ていません」

自分は通報してないし、この顚末をどう説明すべきか迷っていると、竹田は犯人の確保を警察官に任せて、真壁を外へと連れ出した。

「バーで美人の姉ちゃんと、あんたと話をした後で、画像にあった表彰状の名前を調べたんだよ。珍しい名前だったから住所を特定して家へ行ったら、ホントに白骨がありやがった。まさにオバケ屋敷だな。あいつが自分の顔を貼り付けた写真やアルバムも出てきた……まあ、なんだ……俺も刑事は長いがな、それでもなんか、ゾーッとしたよ」

「調べてくれたんですね」

「まあな」

竹田は頭をガリガリ掻いて、

「内偵捜査を進めているうちに、別の被害者を狙っているとは思わなかったが……まあ、なんだ」

編集者ってのも大変だな、と、竹田は真壁の背中を叩く。

「で、あの家にあった家族写真だが、心中事件で解決している家族ばっかりでな」

その後の捜査を期待して、真壁は竹田を見つめたが、刑事はバツが悪そうに首の後ろを掻きながら、立件可能かどうかは、わからねえ、と言った。

「ただし、あんたの同僚さんな、彼女については検死局にまだサンプルがあったんだ。遺体は茶毘(だび)に付されたが、血液や体液や膣内の精液を調べれば……」

「精液……」

絶望的な声が出た。痛ましさに震えが来そうだった。竹田は上目遣いに真壁を見ると、

「DNAを照合し、あいつのものなら殺人罪で起訴できる。俺が吐かせる。必ずな」

そう言って今度は腕を叩いた。

「……同僚さんは残念だったが、あんたは次の母子を救った。感謝状が出るかもな」

竹田はそれ以上なにも言わずに、玄関へ向かって行く。

日が暮れかかった住宅地には、どこからともなく野次馬が集まって来て、人垣のなかでパトカーの回転灯が赤さを増しているようだ。

「おまわりさん、いっぱい来てる」

と、小さな子供の声がして、振り向いた真壁は、自宅で始まった警察騒ぎに呆然と立ちすくむ母子に気付いた。小柄で華奢で薄幸そうな母親と、三歳くらいの女の子である。

救えた命がふたつだけ。真壁はなぜか泣きそうになり、母子の脇を通ってその場を離れた。縁と庵堂への怒りはもはや薄れて、あたりを染める夕焼けの空高く、岡田の笑顔を探していた。

エピローグ

無理心中事件を装(よそお)って家庭という巣(ネスト)を狩るハンターのプロットは、次の企画会議を通過した。木頭が両親の死体遺棄および年金の不正受給、さらに岡田母子に対する殺人罪でも逮捕されたというニュースがメディアに流れた日、真壁は新作のプロットが通ったと告げるため、雨宮縁に電話を掛けた。

――嬉しいな。ありがとう――

そう言う声はキサラギでもなく、東四郎でも、文佳でもない。もはや深く詮索(せんさく)もせずに真壁は言った。

「そういえば、木頭を捕まえたとき、先生の落とし物を拾ったんですよ。ポケットに入れたまま忘れていたんですけど、丸くて小さな……あれって先生のですよね？」

縁は一瞬言葉を呑んで、

――よかった。それ、探してたんだ――と、言った。

――中を見た？――

「いえ。俺も動転してたんで、慌てて拾ったそのままで……見てもいいんですか？」

――ダメ――

「どうして」

――恥ずかしい物が入ってるから。ゴムとかさ――

もちろん真壁は、錠剤がどういうものかをすぐに調べた。

免役抑制剤である。臓器移植を受けた患者が移植臓器の拒絶反応をコントロールするために使う薬だ。調べたからこそ、真壁は縁に嘘をつく。

「ゴムなら急ぎで戻さなくてもいいですかねえ？　ていうか、すでに何日も経っちゃいましたし」

――かまわないよ、次に会ったとき返してくれれば……だけどケースはお気に入りだから――

「では、次の打ち合わせのときに持って行きますね」

真壁は言って、付け足した。

「あのあと竹田刑事から電話が来て、俺に感謝状が出るようですが」

よかったじゃない、と、縁は笑う。

「警察に通報したのって、本当は庵堂さんですよねえ？　俺の名前で」

縁はただ笑っている。

真壁はポケットに手を入れて、響鬼文佳のピルケースをまさぐった。

「竹田刑事の話によれば、詳しい現場検証をしたときに、母子の家のガス管に亀裂が入っているのがわかって、他四軒の貸家もすべて点検し直したそうです。ガス会社は不思議がっていたようですけどね。一帯は新しいのを入れたばっかりだって」

——よかったね。誰も死なずに——

「……先生……」

真壁は言いかけて言葉を呑むと、

「いや……ほんとうによかったです。これ以上犠牲者が増えないで」

とだけ言った。

「ところで次の東四郎ですが、その喋り方だと、まだ執筆に入っていませんね？」

——ご名答——

どこか悪いからじゃないですか。先生の体は、いったいどうなっているんです。

訊きたくなるのをグッと堪えて、真壁は関係のない話をした。

「蒲田くんですけどね。のぞね書店で飯野さんの読み聞かせを撮った写真を送って来ましたよ。フェイクで仕込んだわりには普通のお客さんも参加してきて大盛況だったようで、蒲田くんが作ったチラシの出来もいいってことで、時々書店の仕事ももらえるようになったみたいで」

——そうなんだ。飯野女史とは上手くいっているのかな——

「どうでしょう。詮索するのも野暮なんで」

ピルケースの丸みを手のひらに感じながら、真壁は散らかり放題のデスクを見ている。それぞれに記入内容が違う複数の卓上カレンダー、参考書、未読の献本、見本の山、確認済みのゲラに未確認のゲラ、企画書にプロット、提出書類、書簡にハガキ、見る予定のないダイレクトメール……カオスなデスクから生み出されていく様々な作品は、作品と割り切ればこそ、その主導権を自分が握っていると思える。けれど電話の先にいるモノが実態を持つだけの虚構であるなら、俺は何者と仕事をし、どこへ向かっているのだろうか。

狭からぬ室内にズラリと並ぶ同僚たちのデスクを遠望し、編集長の後ろの窓を見る。濁ったガラスの向こうには無機質で規則正しい向かいのビルの窓があり、自分の部屋の窓ガラスには、忙(せわ)しなく動き回る影だけのような同僚たちが映っている。

「先生……信頼してもいいんですよね」

真壁は電話に訊いてみる。

「俺と一緒に、本当に、ハンターシリーズを仕上げますよね？」

電話の向こうで雨宮縁は、薄く笑っただけだった。

to be continued.

主な参考文献

http://www.moj.go.jp/content/000112398.pdf
「殺人事件の動向」法務省法務総合研究所
https://www.mhlw.go.jp/kokoro/know/disease_dissociation.html
「みんなのメンタルヘルス総合サイト　解離性障害」厚生労働省
https://www.niph.go.jp/publications/saigaiji.pdf
「災害時の遺体管理」災害研究グループ代表　国立保健医療科学院長　林謙治
　監訳　国立保健医療科学院統轄研究官　土井由利子
　翻訳　国立保健医療科学院災害研究グループ一同
『東京路地裏横丁』ＣＣＣメディアハウス　山口昌弘
『ぺてん師列伝　あるいは制服の研究』岩波書店　種村季弘
『闇に魅入られた科学者たち　人体実験は何を生んだのか』ＮＨＫ「フランケンシ
　ユタインの誘惑」制作班　ＮＨＫ出版

ネスト・ハンター

一〇〇字書評

切・り・取・り・線

購買動機（新聞、雑誌名を記入するか、あるいは○をつけてください）	
□（　　　　　　　　　）の広告を見て	
□（　　　　　　　　　）の書評を見て	
□ 知人のすすめで	□ タイトルに惹かれて
□ カバーが良かったから	□ 内容が面白そうだから
□ 好きな作家だから	□ 好きな分野の本だから

・最近、最も感銘を受けた作品名をお書き下さい

・あなたのお好きな作家名をお書き下さい

・その他、ご要望がありましたらお書き下さい

住所	〒				
氏名		職業		年齢	
Eメール	※携帯には配信できません		新刊情報等のメール配信を 希望する・しない		

この本の感想を、編集部までお寄せいただけたらありがたく存じます。今後の企画の参考にさせていただきます。Eメールでも結構です。

いただいた「一〇〇字書評」は、新聞・雑誌等に紹介させていただくことがあります。その場合はお礼として特製図書カードを差し上げます。

前ページの原稿用紙に書評をお書きの上、切り取り、左記までお送り下さい。宛先の住所は不要です。

なお、ご記入いただいたお名前、ご住所等は、書評紹介の事前了解、謝礼のお届けのためだけに利用し、そのほかの目的のために利用することはありません。

〒一〇一－八七〇一
祥伝社文庫編集長　坂口芳和
電話　〇三（三二六五）二〇八〇

祥伝社ホームページの「ブックレビュー」からも、書き込めます。

www.shodensha.co.jp/
bookreview

祥伝社文庫

ネスト・ハンター　憑依作家 雨宮縁

令和 3 年 2 月 20 日　初版第 1 刷発行

著　者　内藤　了
発行者　辻　浩明
発行所　祥伝社
東京都千代田区神田神保町 3-3
〒 101-8701
電話　03（3265）2081（販売部）
電話　03（3265）2080（編集部）
電話　03（3265）3622（業務部）
www.shodensha.co.jp

印刷所　堀内印刷
製本所　ナショナル製本
カバーフォーマットデザイン　芥 陽子

Printed in Japan ©2021, Ryo Naito　ISBN978-4-396-34706-2 C0193

祥伝社文庫の好評既刊

内藤 了
スマイル・ハンター
憑依作家 雨宮縁

人気推理作家の雨宮縁は多重人格さながら、執筆する作品ごとに主人公に成りきる憑依作家と呼ばれていた――。

安東能明
限界捜査

人の砂漠と化した巨大団地で消息を絶った少女。赤羽中央署生活安全課の疋田務は懸命な捜査を続けるが……。

安東能明
侵食捜査

入水自殺と思われた女子短大生の遺体。彼女の胸には謎の文様が刻まれていた。疋田は美容整形外科の暗部に迫る――。

安東能明
ソウル行最終便

日本企業が開発した次世代8Kテレビの技術を巡り、赤羽中央署の疋田らが韓国産業スパイとの激烈な戦いに挑む！

安東能明
彷徨捜査
赤羽中央署生活安全課

赤羽に捨て置かれた四人の高齢者の身元を捜す疋田。お国訛りを手掛かりに、やがて現代日本の病巣へと辿りつく。

矢月秀作
D1
警視庁暗殺部

法で裁けぬ悪人抹殺を目的に、警視庁が極秘に設立した〈暗殺部〉。精鋭を擁する闇の処刑部隊、始動!!